J. R. R. Tolkien

Tuor und seine Ankunft in Gondolin

Erzählung

W0292122

dtv

Die Taschenbibliothek

Deutsch von Hans J. Schütz
und Wolfgang Krege
Herausgegeben von der Hobbit Presse

Juni 1996
Deutscher Taschenbuch Verlag GmbH & Co. KG,
München
Über alle Rechte der deutschen Ausgabe verfügt die
J. G. Cotta'sche Buchhandlung Nachfolger GmbH, gegr. 1659,
Stuttgart
(s. a. Quellennachweis S. 125)
Umschlaggestaltung: Balk & Brumshagen
Umschlagbild: J. R. R. Tolkien (›Gondolin und die Ebene
von Tumladen‹ aus ›Pictures by J. R. R. Tolkien‹, erschienen im Verlag
George Allen & Unwin Ltd., London 1979)
Gesamtherstellung: C. H. Beck'sche Buchdruckerei,
Nördlingen
Printed in Germany · ISBN 3-423-08340-9

Inhalt

Vorwort

Als J. R. R. Tolkien, der große Mythenschöpfer, starb, war sein Werk noch nicht vollendet, war die Geschichte Mittelerdes noch nicht ganz erzählt, und nur zwei Epochen des Dritten Zeitalters, die wichtigsten freilich, waren abgeschlossen: ›Der kleine Hobbit‹, die Vorgeschichte des Ringkrieges, und ›Der Herr der Ringe‹. Sagen und Überlieferungen, die in beiden Erzählungen eingestreut sind, verweisen auf Ereignisse früherer Zeitalter, als zum Beispiel in Dunharg die Puckelmänner aufgestellt wurden, als die Ents noch ein freieres Leben führten, als Númenor Lehrmeister und Könige nach Mittelerde entsandte, als das finstere Angband noch nicht zerstört war, als Yavanna, die mitleidlose Göttin, auf Erden wandelte, oder als Melkor einst den Zorn der übrigen Götter erregte. Zum Teil scheint es beabsichtigt gewesen zu sein, daß nicht jedes Ereignis aus allen drei Zeitaltern enthüllt werden sollte, denn Tolkien schrieb 1951 an seinen Verleger:

»Es gab eine Zeit ... da hatte ich vor, eine Sammlung von mehr oder weniger zusammenhängenden Geschichten zu schaffen, die von den großen kosmogonischen bis hin zum romantischen Märchen reichen sollten – die größeren auf den kleineren aufruhend, den Boden berührend, die kleineren um den Glanz des weiten Hintergrundes bereichert ... Ich wollte manche der großen Erzählungen ganz ausführen, für viele aber nur einen Platz im Zusammenhang bestimmen und es bei Skizzen belassen. Die Zyklen sollten zu einem majestätischen Ganzen verbunden sein ...«

Von den Geschichten, die er auszuführen gedachte, finden sich die meisten im ›Silmarillion‹, einem nachgelassenen Werk, mit dem Christopher Tolkien eine Reihe begann, die die Geschichte Mittelerdes – soweit dies möglich ist – aufarbeiten sollte. Dem ›Silmarillion‹ folgte der Band ›Nachrichten aus Mittelerde‹, der frühere Fassungen derselben Geschichten enthält, dazu Fragmente und Notate, die Rückschlüsse auf eine mögliche Endfassung zulassen.

Aus beiden Bänden wird hier die Geschichte Tuors und seiner Reise nach Gondolin, der Verborgenen Stadt, abgedruckt. Es sind Fragmente, die auf eine mündlich überlieferte Fassung zurückgehen, die einst in der Hütte des Verlorenen Spiels von Winzigherz erzählt wurde, dem Sohn Bronwegs. Wenn wir die Geschichte von Gondolin auch nicht ganz erfahren, so enthüllen uns die beiden Erzählungen von der Ankunft in Gondolin doch ein Stück Mittelerde des Ersten Zeitalters; und wir gleichen so Kindern, die durch eine Lükke im Zaun einen verstohlenen Blick auf das wunderbare Land dahinter erhaschen können.

Redaktion der Hobbit Presse

Einleitung

Mehr als einmal hat mein Vater gesagt, der ›Fall von Gondolin‹ sei als erste Geschichte des Ersten Zeitalters verfaßt worden, und es gibt keinen Grund, an seiner Erinnerung zu zweifeln. In einem Brief aus dem Jahr 1964 erklärte er, daß er sie »aus dem Kopf« geschrieben habe, »während eines Genesungsurlaubs von der Armee im Jahre 1917«; bei anderen Gelegenheiten gab er die Entstehungszeit mit 1916 oder 1916–1917 an. In einem an mich gerichteten Brief aus dem Jahre 1944 schrieb er: »Mit dem Schreiben [des ›Silmarillions‹] begann ich erstmals in überfüllten Armee-Baracken, inmitten von Grammophonlärm.« In der Tat sind einige Verszeilen, in denen die sieben Namen Gondolins auftauchen, auf die Rückseite eines Stückes Papier gekritzelt, auf dem die ›Bedeutung der Verantwortung in einem Bataillon‹ dargelegt war. Das früheste Manuskript existiert noch und umfaßt zwei kleine Schulhefte. Es ist schnell mit Bleistift geschrieben, zu einem großen Teil durch Zusätze in Tintenschrift ergänzt und mit zahlreichen Korrekturen versehen. Auf der Grundlage dieses Textes hat meine Mutter offenbar 1917 eine saubere Abschrift angefertigt. Doch in der Folge wurde dieses Manuskript weiterhin von Grund auf überarbeitet. Die Zeit, in der dies geschah, kann ich nicht genau bestimmen, doch war es vermutlich zwischen 1919 und 1920, als mein Vater in Oxford zum Mitarbeiterstab des damals noch unvollendeten Wörterbuches gehörte. Im Frühjahr 1920 wurde er vom Essay-Club seines Colleges (Exeter) zu einer Lesung eingeladen, und er las dort den ›Fall von Gondolin‹. Was er als Einleitung zu seinem »Essay« zu sagen beabsichtigte, geht aus seinen Notizen hervor, die noch erhalten sind. Darin entschuldigt er sich, daß es ihm nicht möglich gewesen sei, einen kritischen Text zu verfassen, und er fährt fort: »Folglich mußte ich etwas bereits Geschriebenes lesen und verfiel in meiner Not auf diese Erzählung, die natürlich bis heute das Licht der Welt noch nicht erblickt hat ... Vor geraumer Zeit erwuchs in meiner Vorstellung (besser gesagt: wurde entworfen) ein abgeschlossener Zyklus von Ereignissen in einer erfundenen Elbenwelt. Einige dieser Episoden sind flüchtig skizziert worden ... Die vorliegende Geschichte gehört nicht zu den besten, doch ist sie die einzige, die überhaupt soweit überarbeitet ist, daß ich, so wenig zufriedenstellend die Revision auch war, es wagen kann, sie vorzulesen.«

Die Geschichte von Tuor und dem Auszug aus Gondolin (wie der ›Fall von Gondolin‹ im frühen Manuskript überschrieben ist), blieb viele Jahre liegen, obgleich mein Vater in einem gewissen Stadium, vermutlich zwischen 1926 und 1930, eine kurze, gedrängte Version verfaßte, die einen Teil des ›Silmarillion‹ bilden sollte. (Dieser Titel taucht übrigens erstmals in einem Brief meines Vaters an den ›Observer‹

vom 20. Februar 1938 auf.) Diese Fassung wurde nachträglich weiter überarbeitet, um sie mit veränderten Konzeptionen in anderen Teilen des Buches in Einklang zu bringen. Viel später begann er mit der Arbeit an einer völlig umgestalteten Erzählung mit dem Titel ›Von Tuor und dem Fall von Gondolin‹. Sie ist sehr wahrscheinlich 1951 verfaßt worden, als der ›Herr der Ringe‹ abgeschlossen, seine Veröffentlichung aber noch zweifelhaft war. Stilistisch und inhaltlich von Grund auf verändert, doch unter Beibehaltung vieler wesentlicher Züge der Jugendfassung, entfaltet sich in der Geschichte ›Von Tuor und dem Fall von Gondolin‹ detailliert ausgearbeitet die gesamte Sage, die dem kurzen XXIII. Kapitel des veröffentlichten ›Silmarillion‹ zugrunde liegt. Es ist jedoch schmerzlich, daß er nur bis zu jenem Punkt gelangte, an welchem Tuor, über die Ebenen Tumladens blikkend, Gondolins ansichtig wurde. Es gibt keine Anhaltspunkte, warum er die Geschichte an dieser Stelle abbrach.

Dieser Text wird hier abgedruckt. Um Verwirrung zu vermeiden, habe ich ihn ›Von Tuor und seiner Ankunft in Gondolin‹ betitelt, da über den Fall der Stadt nichts berichtet wird. Wie immer bei den Werken meines Vaters existieren verschiedene Lesarten und von einem kurzen Abschnitt (in dem sich Tuor und Voronwe dem Sirion nähern und ihn überqueren) mehrere konkurrierende Fassungen, wodurch eine geringfügige editorische Bearbeitung notwendig wurde.

Christopher Tolkien

Von Tuor und seiner Ankunft in Gondolin

Rían, die Gemahlin Huors, wohnte beim Volk des Hauses Hador. Als jedoch Gerüchte von der Nirnaeth Arnoediad nach Dor-lómin drangen, und sie gleichwohl keine Nachricht von ihrem Gatten empfing, wurde sie unruhig und machte sich allein auf den Weg in die Wildnis. Dort wäre sie elend zugrunde gegangen, wären ihr nicht die Grau-Elben zur Hilfe gekommen, die in den Bergen westlich des Sees Mithrim wohnten. Dorthin brachten sie Rían, und bevor das Jahr des Jammers vorüber war, wurde sie dort von einem Sohn entbunden.

Und Rían sagte zu den Elben: »Wir wollen ihn Tuor nennen, denn diesen Namen hat sein Vater ausgewählt, bevor der Krieg uns trennte. Ich bitte euch, das Kind aufzuziehen und es sorgsam zu hüten, denn ich sehe voraus, daß es Elben und Menschen viel Gutes bringen wird. Ich aber muß mich auf die Suche nach Huor, meinem Gemahl, begeben.«

Darauf bemitleideten sie die Elben, aber Annael, der von allen, die in den Krieg gezogen waren, als einziger aus der Schlacht zurückgekehrt war, sprach zu ihr: »Hört, Herrin, es ist jetzt bekannt, daß Huor an der Seite seines Bruders Húrin gefallen ist. Sein Leichnam ruht, wie ich glaube, in dem großen Hügel der Gefallenen, den die Orks auf dem Schlachtfeld errichtet haben.«

Deshalb erhob sich Rían, verließ die Behausungen der Elben, durchquerte das Land Mithrim und gelangte schließlich zum Haudh-en-Ndengin in der Öde von Anfauglith. Dort legte sie sich nieder und starb. Die Elben jedoch sorgten für den kleinen Sohn Huors, und er wuchs unter ihnen auf. Wie alle aus seines Vaters Sippe war er schön von Angesicht und goldhaarig, wurde groß, stark und tapfer, und da er von den Elben aufgezogen wurde, gewann er nicht weniger Wissen und Kunstfertigkeit als die Prinzen der Edain, ehe das Verderben über den Norden hereinbrach.

Aber während die Jahre dahingingen, wurde das Leben der ehemaligen Bewohner Hithlums, der übriggebliebenen Elben und Menschen, zunehmend härter und gefährlicher. Denn, wie anderswo erzählt wird, brach Morgoth sein Versprechen gegenüber den Ostlingen, die ihm gedient hatten, und verweigerte ihnen die fruchtbaren Landstriche Beleriands, nach denen es sie gelüstete. Er vertrieb dieses bösartige Volk und bestimmte ihm Hithlum zum Wohnsitz. Obwohl die Ostlinge Morgoth haßten, dienten sie ihm aus Furcht weiterhin, und Haß gegen alle Elbenvölker erfüllte sie. Sie verachteten die Letzten des Hauses Hador (zum größten Teil Alte, Frauen und Kinder), unterdrückten das Volk, zwangen die Frauen zur Heirat, eigneten sich Land und Besitz an und versklavten die Kinder. Orks tauchten auf, durchstreiften nach Belieben das Land, verfolgten die heimatlosen Elben bis in ihre Schlupfwinkel in den Bergen und schleppten viele Gefangene in die Bergwerke von Angband, wo sie als Knechte Morgoths Sklavenarbeit leisten mußten.

Deshalb führte Annael sein kleines Volk in die Höhlen von Androth, wo es, stets auf der Hut, ein mühseliges Leben führte, bis Tuor sechzehn Jahre alt und kräftig genug geworden war, um die Axt und den Bogen der Grau-Elben zu führen. Die Berichte von den Leiden seines Volkes entfachten die Glut seines Herzens, und er wollte hinausziehen und an den Orks und Ostlingen Rache nehmen, doch Annael verbot es ihm.

»An einem Ort, weit von hier, so wähne ich, wird sich dein Weg erfüllen, Tuor, Sohn Huors«, sagte er. »Dieses Land wird nicht eher vom Schatten Morgoths befreit sein, bis die Thangorodrim geschleift sind. Deshalb haben wir uns entschlossen, es endlich zu verlassen und in den Süden zu wandern. Und du wirst mit uns kommen.«

»Aber wie sollen wir den Netzen unserer Feinde entgehen?« fragte Tuor. »Wenn wir uns alle zusammen auf den Weg machen, werden sie es gewiß bemerken.«

»Wir werden das Land nicht ohne Schutz durchqueren«, erwiderte Annael, »und wenn wir Glück haben, werden wir den geheimen Pfad erreichen, den wir Annon-in-Gelydh nennen, Pforte der Noldor, denn dieses kunstreiche Volk hat sie vor langer Zeit in den Tagen Turgons errichtet.«

Als er diesen Namen hörte, befiel Tuor eine unerklärliche Erregung, und er bestürmte Annael mit Fragen nach Turgon.

»Er ist ein Sohn Fingolfins«, antwortete Annael, »und seit Fingon in der Schlacht fiel, gilt er als der Hohe König der Noldor. Er lebt noch immer, der gefürchtetste der Feinde Morgoths, denn er entkam nach dem Unheil der Nirnaeth, als Húrin aus Dor-lómin und Huor, dein Vater, hinter ihm die Pässe von Sirion hielten.«

»Dann will ich mich aufmachen und ihn suchen«, sagte Tuor, »denn er wird mir um meines Vaters willen helfen.«

»Das kannst du nicht«, sagte Annael, »denn seine Festung ist vor den Augen der Elben und Menschen verborgen, und wir wissen nicht, wo sie steht. Vielleicht kennen einige der Noldor den Weg dorthin, aber sie werden ihn niemandem verraten. Doch wenn du mit ihnen sprechen willst, so komme mit mir, wie es mein Wunsch ist, denn in den fernen Häfen des Südens triffst du vielleicht Wanderer aus dem Verborgenen Königreich.«

So geschah es also, daß die Elben die Höhlen von Androth verließen und Tuor mit ihnen ging. Doch die Feinde hatten ihre Behausungen beobachtet und ihren Aufbruch alsbald bemerkt. Sie hatten sich noch nicht weit von den Bergen entfernt, als sie in der Ebene von einem großen Heer der Orks und Ostlinge angegriffen wurden, in die schützende Nacht fliehen mußten und so in alle Winde verstreut wurden.

Doch Tuors Herz entflammte in Kampfeslust, und obgleich er noch ein Knabe war, entfloh er nicht, sondern wehrte sich mit seiner Axt wie einst sein Vater. Lange behauptete er seinen Platz und erschlug zahlreiche Angreifer, aber schließlich wurde er überwältigt, gefangengenommen und vor Lorgan den Ostling geführt. Dieser wurde als Anführer der Ostlinge angesehen, und er erhob den Anspruch, als Lehnsmann Morgoths über ganz Dor-lómin zu herrschen. Er machte Tuor zu seinem Sklaven. Hart und bitter war nun sein Leben, denn Lorgan fand Gefallen daran, ihn besonders grausam zu behandeln, weil Tuor aus dem Geschlecht der früheren Herrscher stammte und Lorgan sich nach Kräften bemühte, den Stolz des Hauses Hador zu brechen. Aber Tuor bewahrte seine Weisheit und ertrug Pein und Hohn mit großer Geduld. So wurde sein Los mit der Zeit ein wenig leichter, und zumindest starb er nicht den Hungertod, wie viele der unglücklichen Sklaven Lorgans. Denn er war kräftig und geschickt, und solange Lorgans Lasttiere jung und fleißig waren, erhielten sie reichlich Nahrung.

Aber nach dreijähriger Sklaverei witterte Tuor endlich eine Gelegenheit zur Flucht. Er war nun fast zur vollen Mannesgröße herangewachsen und größer und behender als jeder Ostling; und als man ihn und andere Sklaven mit einem Auftrag in die Wälder schickte, wandte er sich plötzlich gegen die Wachen, erschlug sie mit einer Axt und entfloh in die Berge. Die Ostlinge verfolgten ihn mit Hunden, doch ohne Erfolg, denn fast alle Hunde Lorgans waren Tuors Freunde, und als sie ihn eingeholt hatten, wedelten sie mit den Schwänzen und rannten auf seinen Befehl nach Hause. Also kehrte er schließlich zu den Höhlen von Androth zurück und wohnte dort allein. Vier Jahre lang war er ein Geächteter im Land seiner Väter, der in mürrischer Einsamkeit lebte. Sein Name war gefürchtet, denn oft unternahm er weite Streifzüge und erschlug viele Ostlinge, die ihm begegneten. Daraufhin setzte man einen hohen Preis auf seinen Kopf, doch selbst mit Unterstützung der Menschen wagten es die Ostlinge nicht, sich seinem Versteck zu nähern, denn sie fürchteten das Elbenvolk und mieden die Höhlen, in denen es gewohnt hatte. Doch sagte man, daß Tuor seine Streifzüge nicht unternahm, um Rache zu nehmen, sondern daß er vielmehr unablässig nach der Pforte der Noldor suchte, von der Annael gesprochen hatte. Doch er fand sie nicht, zumal er nicht wußte, wo er suchen sollte, und die wenigen Elben, die sich noch in den Bergen aufhielten, hatten nie von ihr gehört.

Jetzt begriff Tuor, obwohl ihm das Glück noch immer günstig war, daß schließlich die Tage eines Geächteten doch gezählt sind, daß seine Zeit immer kurz bemessen und ohne Hoffnung ist. Auch war er nicht willens, einem Wilden gleich, für alle Zeit in den häuserlosen Bergen zu leben, zumal sein Herz ihn fortwährend zu großen Taten trieb. Darin, heißt es, offenbarte sich die Kraft Ulmos. Dieser war über alles unterrichtet, was in Beleriand geschah, und jeder

Strom, der von Mittelerde in das Große Meer floß, diente ihm, stromauf und stromab, als Bote. Ulmo pflegte von alters her die Freundschaft mit Círdan und den Schiffbauern im Mündungsgebiet des Sirion.[1] Und Ulmo war es, der zu dieser Zeit vor allem das Schicksal des Hauses Hador verfolgte, denn nach seinem geheimen Entschluß sollte es bei seinen Plänen zur Unterstützung der Verbannten eine große Rolle spielen. Er kannte Tuors Gelöbnis sehr wohl, denn Annael und viele seiner Gefährten waren in der Tat aus Dor-lómin entkommen und schließlich in den tiefen Süden zu Círdan gelangt.

Es geschah also, daß eines Tages zu Beginn des Jahres dreiundzwanzig nach der Nirnaeth, Tuor an einer Quelle saß, die in der Nähe des Eingangs seiner Behausung aus dem Boden rieselte, und den Sonnenuntergang am bewölkten westlichen Himmel betrachtete. Da überkam ihn plötzlich der Gedanke, nicht mehr länger zu warten, sondern aufzustehen und sich auf den Weg zu machen. »Jetzt werde ich das graue Land meiner Sippe verlassen, die es nicht mehr gibt«, rief er. »Und ich will mich auf die Suche nach meinem Schicksal begeben! Aber wohin soll ich mich wenden? Lange habe ich nach der Pforte gesucht und sie nicht gefunden.«

Mit diesen Worten ergriff er seine Harfe, die er immer bei sich hatte und die er wohl zu spielen wußte. Ungeachtet der Gefahr, die seine klare Stimme in der stillen Ödnis heraufbeschwor, stimmte er ein Elbenlied aus dem Norden an, das das Herz erheben sollte. Und als er sang, begann die Quelle zu seinen Füßen aufzuwallen, sie wurde reicher an Wasser, floß über und ein Bächlein rann geräuschvoll den felsigen Hang vor ihm hinab.

Tuor nahm dies als ein Zeichen, und ohne zu zögern erhob er sich und folgte dem Bach. So stieg er die mächtigen Hügel Mithrims hinab und wanderte in die nördliche Ebene Dor-lómins hinaus. Der Bach, dem er nach Westen folgte, wurde beständig breiter, und nach drei Tagen erblickte Tuor im Westen die langgestreckten grauen Kämme der Ered Lómin, die in dieser Gegend von Norden nach Süden verlaufen und den ausgedehnten Küstenstrichen der Westlichen Gestade vorgelagert sind. Auf allen seinen Reisen war Tuor niemals bis zu diesen Bergen gelangt.

Je näher er den Bergen kam, desto zerklüfteter und steiniger wurde das Land, bald begann es unter seinen Füßen anzusteigen, während der Fluß in ein eingeschnittenes Flußbett hinabströmte. Doch am dritten Tag seiner Wanderung, als eine fahle Dämmerung hereinbrach, sah er sich einer Felswand gegenüber, in der eine große runde Öffnung wie ein Tor sich auftat; und der Fluß strömte hinein und verschwand.

»Also hat mich meine Hoffnung getrogen«, sagte er voller Verzweiflung. »Das Zeichen, das ich in den Bergen empfing, hat mich nur zu einem dunklen Loch geführt, mitten im Land meiner Feinde!«

In trüben Gedanken saß er zwischen den Felsen auf den steilen Ufern des Flusses und durchwachte eine bittere, feuerlose Nacht. Wenn es auch schon März war, hatte doch der Hauch des Frühlings dieses Land im hohen Norden noch nicht gestreift, und aus dem Osten blies ein schneidender Wind.

Aber gerade als das Licht der aufgehenden Sonne schwach durch die fernen Nebel Mithrims drang, hörte Tuor Stimmen, und als er hinabsah, gewahrte er zu seiner Verwunderung zwei Elben, die durch das seichte Wasser wateten. Und als sie die Stufen hinaufkletterten, die in die Uferböschung geschlagen waren, erhob sich Tuor und rief sie an. Sogleich zogen sie ihre glänzenden Schwerter und sprangen auf ihn los. Er sah, daß sie graue Umhänge, darunter jedoch Harnische trugen, und er erstaunte, denn ein Glanz in ihren Augen ließ sie strahlender und kriegerischer erscheinen als alle Elben, die er bisher zu Gesicht bekommen hatte. Er richtete sich zu seiner vollen Größe auf und wartete. Als sie aber sahen, daß er keine Waffe zückte, daß er allein war und sie in der Elbensprache begrüßte, steckten sie ihre Schwerter in die Scheiden und redeten ihn höflich an. Einer der beiden sagte: »Wir sind Gelmir und Arminas vom Volk Finarfins. Bist du nicht einer der Edain, die vor der Nirnaeth von alters her in diesem Land lebten? Wahrlich, ich vermute, daß du aus dem Geschlecht Hadors und Túrins stammst, denn dein goldfarbenes Haar bezeugt es.«

Tuor antwortete: »Ja, ich bin Tuor, der Sohn Huors, des Sohnes von Galdor, des Sohnes von Hador. Doch jetzt will ich dieses Land verlassen, in dem niemand meines Stammes mehr lebt, und wo ich verfemt bin.«

»Wenn es so ist«, sagte Gelmir, »und du zu den Häfen des Südens fliehen willst, so haben deine Füße dir bereits den rechten Weg gewiesen.«

»Das dachte ich auch«, erwiderte Tuor, »denn in den Bergen folgte ich einer plötzlich sprudelnden Quelle, bis sie sich mit diesem heimtückischen Fluß vermählte. Aber jetzt weiß ich nicht, wohin ich mich wenden soll, denn er ist im Dunkel verschwunden.«

»Durch Dunkelheit kann man zum Licht gelangen«, sagte Gelmir.

»Doch mancher zieht es vor, im Sonnenlicht zu wandeln, solange er kann«, sagte Tuor. »Doch da ihr hier heimisch seid, sagt mir, wenn ihr könnt, wo die Pforte der Noldor zu finden ist. Denn lange schon suche ich danach, seit mir Annael, mein Ziehvater bei den Grau-Elben, davon erzählt hat.«

Darauf lachten die Elben und sagten: »Deine Suche ist zu Ende: Wir selbst haben diese Pforte gerade durchquert. Dort ist sie, vor dir!« Und sie wiesen auf die runde Öffnung, in die das Wasser strömte. »Komm jetzt! Durch das Dunkel wirst du ans Licht gelangen. Wir werden dich auf den rechten Weg bringen, doch weit können wir dich nicht geleiten, denn unser Auftrag ruft uns in das Land zurück, von dem wir mit einer wichtigen Botschaft ausgesandt worden sind. Habe keine Furcht«, sagte Gelmir. »Auf deiner Stirn lese ich, daß dir ein großes Schicksal bevorsteht, das sich weit fort von hier, ja weit von Mittelerde entfernt, erfüllen wird, wie ich glaube.«

Tuor folgte den beiden Noldor die Stufen hinab. Sie wateten durch das kalte Wasser und traten sodann in das schattige Bogengewölbe ein. Jetzt zog Gelmir eine jener Lampen hervor, für welche die Noldor bekannt sind. Von alters her wurden sie in Valinor angefertigt, und weder Wind noch Wasser konnten sie auslöschen. Entfernte man ihre Umhüllung, spendete eine in weißen Kristall eingeschlossene Flamme ein klares blaues Licht.[2] Im Schein der Lampe, die Gelmir über seinen Kopf hielt, sah Tuor, daß der Fluß plötzlich einen sanften Abhang hinunter in einen großen Tunnel floß, der in den Fels geschlagen war. Doch am Flußlauf entlang zogen sich lange Treppenfluchten hin, die, wo der Lichtstrahl sie nicht erfaßte, in tiefem Dunkel lagen.

Als sie den tiefsten Punkt der Stromschnellen erreicht hatten, befanden sie sich unter einer mächtigen Felskuppel, und dort rauschte der Fluß mit gewaltigem Getöse, das aus der Tiefe widerhallte, über eine steile Wand hinunter. Dann verschwand er erneut durch einen Steinbogen und in einen zweiten Tunnel. Neben dem Wasserfall blieben die Noldor stehen, um Tuor Lebewohl zu sagen.

»Wir müssen jetzt umkehren«, sagte Gelmir. »Wir müssen uns sputen, denn in Beleriand wachsen große Gefahren.«

»Ist also die Stunde gekommen, da Turgon in Erscheinung treten wird?« fragte Tuor.

Die Elben sahen ihn verwundert an. »Das ist eine Angelegenheit, die die Noldor mehr betrifft als die Söhne der Menschen«, sagte Arminas. »Was weißt du von Turgon?«

»Wenig«, erwiderte Tuor, »außer, daß mein Vater ihm half, aus der Nirnaeth zu entkommen, und daß in seiner verborgenen Festung die Hoffnung der Noldor wohnt. Aber, ohne daß ich weiß warum, bewegt sein Name fortwährend mein Herz und kommt mir auf die Lippen. Wenn ich könnte, würde ich lieber Turgon suchen, als diesem dunklen, grausigen Pfad zu folgen. Oder ist es vielleicht der geheime Weg, der zu seinem Aufenthalt führt?«

»Wer kann das wissen?« antwortete der Elbe. »Seit Turgons Aufenthalt unbekannt ist, sind es auch die Wege, die dorthin führen. Obwohl ich lange nach ihnen gesucht habe, ist es mir nicht gelungen, sie zu finden. Aber auch wenn ich sie kennen würde, verriete ich sie weder dir noch irgendeinem anderen der Menschen.«

Gelmir aber sagte: »Doch ich habe gehört, daß dein Haus die Gunst des Herrn der Wasser genießt. Und wenn er beschlossen hat, dich zu Turgon zu führen, wirst du auch mit Sicherheit zu ihm gelangen, wohin du dich auch wendest. Folge jetzt dem Weg, den dir das Wasser aus den Bergen gewiesen hat, und fürchte dich nicht! Du wirst lange in der

Finsternis wandeln. Lebe wohl! Und glaube nicht, daß unser Zusammentreffen ein Zufall war, denn der Bewohner der Tiefe vermag noch immer viel in diesem Land. *Anar kaluva tielyanna!*«[3]

Damit wandten sich die Noldor zum Gehen und kehrten über die langen Treppen ans Tageslicht zurück. Tuor stand still, bis das Licht ihrer Lampe verschwunden war. Dann war er allein in einer Dunkelheit, dichter als die Nacht, inmitten des gewaltigen Tosens des herabstürzenden Wasserfalls. Endlich nahm er seinen Mut zusammen, legte eine Hand an die Felswand und ertastete den Weg nach vorn. Zunächst ging es langsam, doch als er sich allmählich an die Dunkelheit gewöhnt hatte und nichts sich ihm in den Weg stellte, kam er schneller voran. Nach einer langen Zeit, wie ihm schien, als Müdigkeit ihn befiel und er dennoch in diesem dunklen Tunnel nicht rasten mochte, sah er weit vor sich ein Licht. Er hastete vorwärts, gelangte an eine hohe, schmale Felsspalte, folgte dem lärmenden Strom zwischen den schrägen Felswänden hindurch, und trat plötzlich in einen goldverklärten Abend hinaus. Er befand sich in einer tiefen Schlucht mit hohen, senkrechten Wänden, die geradewegs nach Westen verlief. Vor ihm, an einem klaren Himmel, ging die Sonne unter, warf ihre Strahlen in die Schlucht und ließ die Felswände in gelbem Feuer aufflammen. Golden schimmerten die Wasser des Flusses, wenn sie sich an vielen glänzenden Steinen brachen und aufschäumten.

In dieser Tiefe schritt Tuor jetzt freudig und hoffnungsvoll dahin, denn dicht an der südlichen Felswand, an der sich ein langer, schmaler Strand entlangzog, fand er einen Pfad. Als die Nacht hereinbrach, der Fluß unsichtbar rauschte und nur funkelnde Sterne sich in dunklen Lachen spiegelten, machte er Rast, suchte den Schlaf, denn in der Nähe des Wassers, in dem er die Macht Ulmos wußte, spürte er keine Furcht.

Bei Tagesanbruch schritt er ohne Eile weiter. Hinter ihm ging die Sonne auf und am Abend vor ihm unter, und wo das Wasser über Geröll schäumte und über jähe Wasserfälle schoß, spannten sich morgens und abends Regenbogen über den Strom. Deshalb gab er der Schlucht den Namen Cirith Ninniach.

So wanderte er geruhsam drei Tage lang, trank nur kaltes Wasser und verspürte keinen Hunger, obgleich sich im Fluß viele Fische tummelten, die golden und silbern glänzten oder in den Farben der Regenbogen schimmerten, die sich über dem Wasser spannten. Am vierten Tag verbreiterte sich die Schlucht, die Felswände wurden niedriger und flacher, der Fluß jedoch gewann an Tiefe und Strömung, denn zu beiden Seiten begleiteten ihn jetzt hohe Berge, von denen sich neue Wasser über glitzernde Fälle in die Cirith Ninniach ergossen. Dort ruhte Tuor lange, blickte auf den strudelnden Fluß und lauschte der nimmermüden Stimme, bis es wiederum Nacht wurde, und über ihm im dunklen Band des Himmels kalt und weiß die Sterne aufleuchteten.

Da erhob er seine Stimme, schlug die Saiten der Harfe, und über das Brausen des Wassers erhob sich sein Lied und das weiche Trillern der Harfe, und die Felsen warfen die Töne zurück und vervielfachten sie. Sie schwebten fort, klangen durch die nachtumkleideten Hügel, bis das ganze verlassene Land von süßer Musik erfüllt war. Denn ohne daß er es wußte, war Tuor zu den Echobergen von Lammoth gekommen, die den Fjord von Drengist umgeben. Hier war vor langer Zeit Feanor an Land gegangen, und die Stimmen seiner Streiter hatten sich an den Küsten des Nordens ehe der Mond aufging zu einem gewaltigen Getöse vereinigt.[4]

Ein wundersames Staunen regte sich in Tuor, ließ sein Lied verstummen, und allmählich verklang die Musik zwischen den Bergen, und es wurde still. Da vernahm er inmitten des Schweigens hoch in der Luft einen seltsamen Schrei, und er wußte nicht, von welch einem Wesen er stammte. Zuerst sagte er: »Es ist eine Feenstimme«, dann meinte er: »Nein, es muß ein kleines Tier sein, das in der Einöde klagt.« Doch als er den Schrei zum dritten Mal hörte, sagte er: »Sicherlich ist es der Schrei eines Nachtvogels, den ich nicht kenne.« Doch obwohl er ihm vorkam wie ein Klageruf, verspürte er das Verlangen, ihm zuzuhören und ihm zu folgen, denn der Schrei galt ihm und rief ihn an einen unbekannten Ort.

Am nächsten Morgen hörte er über sich wieder diesen Ruf, und aufblickend gewahrte er drei große weiße Vögel, die gegen den Westwind in die Schlucht hinabstießen. Ihre mächtigen Schwingen schimmerten im Licht der aufgehenden Sonne, und als sie über ihn hinwegflogen, stießen sie laute Klagerufe aus. So erblickte er zum ersten Mal die großen Möwen, welche die Teleri so liebten. Darauf erhob sich Tuor, um ihnen zu folgen, und um besser erkennen zu können, in welche Richtung sie flogen, erkletterte er die Klippen zu seiner Linken. Er stand auf der Spitze, spürte, wie ein kräftiger Westwind ihm ins Gesicht blies und sein Haar um den Kopf flattern ließ. In tiefen Zügen sog er diese prickelnde Luft ein und sagte: »Das erfrischt das Herz wie ein Trunk kühlen Weins.« Doch wußte er nicht, daß dieser frische Wind geradewegs vom Großen Meer kam.

Jetzt brach Tuor wieder auf und folgte den Möwen, die hoch über dem Fluß segelten. Allmählich verengte sich die Schlucht wieder, und er kam zu einem schmalen Kanal, der vom Getöse rauschenden Wassers erfüllt war. Tuor blickte hinunter und sah etwas, das ihm wie ein Wunder vorkam: Eine ungestüme Flutwelle kam durch die Enge, prallte auf den vorwärtstreibenden Fluß, und eine mauergleiche Woge erhob sich fast bis zur Spitze der Klippe, gekrönt von Gischthauben, die im Wind flatterten. Dann wurde der Fluß zurückgeworfen, die Flut schoß dröhnend in den Kanal, überflutete ihn, und als sie hindurchfloß, geriet das Geröll im Flußbett donnernd ins Rollen. Also wurde Tuor durch den Ruf der Möwen vor dem Tod in der Flut bewahrt, die wegen der Jahreszeit und des steifen Windes von See sehr hoch auflief.

Erschreckt durch das Wüten der seltsamen Wasser, änderte er jetzt die Richtung und schlug den Weg nach Süden ein. So gelangte er nicht an die langgestreckten Gestade des Fjordes von Drengist, sondern wanderte noch einige Tage durch ein wildes, baumloses Land. Der Seewind fegte darüber hin, und alles, was dort wuchs, Kraut oder Busch, wurde durch die Übermacht des Westwindes zu Boden gedrückt. Auf diese Weise überschritt er die Grenzen von Nevrast, wo Turgon einst gewohnt hatte. Endlich und unerwartet (denn die Spitzen der Klippen am Rand des Landes waren höher als die Abhänge dahinter), gelangte er unvermittelt an das steil abfallende, schwarze Ufer Mittelerdes und erblickte das Große Meer, Belegaer, das Uferlose. Und in dieser Stunde versank hinter dem äußersten Rand der Welt die Sonne wie ein riesiges Feuer. Tuor stand mit ausgebreiteten Armen allein auf der Klippe, und eine tiefe Sehnsucht erfüllte sein Herz. Es heißt, er sei der erste Mensch gewesen, der bis ans Große Meer vordrang, und niemand, die Eldar ausgenommen, habe jemals tiefer jenes Verlangen verspürt, das von diesem Meer ausging.

Tuor verweilte viele Tage in Nevrast, und es schien ihm gut dort, denn in diesem Land, im Norden und Osten von Bergen abgeschlossen und nahe der See, war das Klima milder und freundlicher als in Hithlum. Seit langem war er daran gewöhnt, als Jäger allein in der Wildnis zu leben, und er hatte an Nahrung keinen Mangel. In Nevrast herrschte Frühling, und die Luft war erfüllt vom Geschrei der Vögel, die in großer Zahl an den Gestaden hausten oder die Linaewen-Marschen in der Mitte der Landsenke bevölkerten. In jenen Tagen aber waren in dieser Einsamkeit weder die Stimmen von Elben noch von Menschen zu hören.

Bis an den Rand dieses großen, flachen Gewässers gelangte Tuor, konnte aber wegen der ausgedehnten Sumpfflecken und pfadlosen Schilfwälder, die es von allen Seiten umgaben, nicht zum offenen Wasser vordringen. Bald verließ er diese Gegend und kehrte zur Küste zurück, denn das Meer zog ihn an, und er hielt sich nicht gern länger an einem Ort auf, wo er das Geräusch der Wellen nicht hören konnte. Im Küstenland fand Tuor zum ersten Mal Spuren der alten Noldor. Denn zwischen den hochragenden, vom Meer abgeschliffenen Klippen an der Südseite des Drengist lagen viele kleine Buchten und geschützte Einfahrten mit weißen Sandstränden zwischen den schwarzglänzenden Felsen, und dort entdeckte Tuor gewundene, in den Stein geschlagene Treppen, die hinunterführten. Unmittelbar am Wasser fand er verfallene, aus großen, zubehauenen Felsblöcken gefügte Kais, an denen einstmals Elbenschiffe festgemacht hatten. Hier verweilte Tuor lange Zeit und beobachtete das sich unablässig verändernde Meer, während das Jahr durch Frühling und Sommer gemächlich dahinfloß, die

Dunkelheit in Beleriand sich vertiefte und mit dem Herbst sich das Verhängnis Nargothrond näherte.

Vielleicht ahnten die Vögel den Grausamen Winter, der bevorstand,[5] denn jene, die für gewöhnlich in den Süden zogen, sammelten sich früh zum Abflug, und andere, die im Norden zu Hause waren, kamen aus ihrer Heimat nach Nevrast. Eines Tages, als Tuor am Gestade saß, vernahm er das Rauschen und Sausen großer Flügel, und aufblickend sah er sieben weiße Schwäne, die als schneller Keil nach Süden flogen. Aber als sie genau über ihm waren, beschrieben sie einen Kreis, stießen plötzlich herab und ließen sich gewaltig spritzend und schäumend auf dem Wasser nieder.

Tuor liebte Schwäne und kannte sie von den grauen Teichen Mithrims; überdies war der Schwan das Zeichen Annaels und des Volkes, das ihn aufgezogen hatte. Deshalb stand er auf, um die Vögel zu grüßen und mit ihnen zu reden. Staunend sah er, daß sie größer und prächtiger waren als alle Schwäne, die er jemals zuvor gesehen hatte. Aber sie schlugen mit den Flügeln und stießen rauhe Schreie aus, als seien sie zornig auf ihn und wollten ihn vom Strand vertreiben. Dann erhoben sie sich lärmend in die Lüfte und flogen über seinen Kopf hinweg, so daß ihn das Rauschen der Flügel wie ein pfeifender Wind traf. Sie zogen einen weiten Kreis, stiegen dann hoch in den Himmel und flogen in südlicher Richtung davon.

Da rief Tuor mit lauter Stimme: »Das ist erneut ein Zeichen, daß ich zu lange verweilt habe!« Und auf der Stelle kletterte er empor auf die Klippe und sah, daß die Schwäne noch am Himmel kreisten. Doch als er sich nach Süden wandte, um ihnen zu folgen, flogen sie schnell davon.

Volle sieben Tage wanderte Tuor an der Küste entlang nach Süden, jeden Morgen in der Dämmerung weckte ihn das Flügelrauschen hoch über ihm, und jeden Tag flogen ihm die Schwäne voraus. Während er wanderte, wurden die Klippen niedriger, und ihre Kuppen waren dick mit blühendem Gras bewachsen. Gegen den Osten hin standen Wälder, die sich mit dem schwindenden Jahr gelb färbten. Doch vor sich, immer näher rückend, sah Tuor eine Kette mächtiger Hügel, die ihm den Weg versperrten. Sie verlief in westlicher Richtung und endete in einem hohen Berg; dunkel, wolkengekrönt erhob er sich auf mächtigen Flanken turmhoch über einer breiten grünen Landzunge, die weit in das Meer hinausragte.

Diese grauen Hügel waren in der Tat die westlichen Ausläufer der Ered Wethrin, der Nordbegrenzung Beleriands, und der Berg war Taras, der westlichste der Türme dieses Landes, dessen Spitze der Seemann als erstes von hoher See ausmachen konnte, wenn er sich den todbringenden Gestaden näherte. In vergangenen Zeiten hatte Turgon am Fuß der weiten Hänge in den Hallen Vinyamars gewohnt, dem ältesten aller steinernen Bauwerke, das die Noldor im Land ihrer Verbannung errichtet hatten. Noch immer stand es dort, verlassen, aber die Zeiten überdauernd, hochgelegen auf großen, dem Meer zugekehrten Terrassen. Die Jahre hatten ihm nichts anhaben können, und Morgoths Knechte hatten es unbeachtet gelassen. Doch Wind, Regen und Frost hatten ihre Spuren eingegraben, und auf seinen Mauerkronen und den großen Dachschindeln wucherten üppig graugrüne Pflanzen, die, genährt von der salzigen Meeresluft, sogar in den Spalten geborstener Steine verschwenderisch wuchsen.

Jetzt gelangte Tuor zu den Überresten einer vergessenen Straße, suchte seinen Weg durch grüne Erdwälle, umgestürzte Steine und kam, als der Tag sich neigte, zur alten Halle mit ihren hohen, zugigen Höfen. Kein Schatten der Furcht oder des Bösen lauerte hier, doch Schmerz befiel ihn, wenn er jener gedachte, die hier gewohnt hatten, und die, niemand wußte wohin, verschwunden waren: jenes stolze Volk, das von weit her über das Meer gekommen war, das unsterblich war und dennoch verdammt. Er wandte sich um und blickte, wie jene es oft getan haben mochten, hinaus auf das glitzernde, bewegte Wasser bis zum Horizont. Dann drehte er sich um und sah, daß die Schwäne sich auf der höchstgelegenen Terrasse niedergelassen hatten und vor dem Westeingang warteten. Sie schlugen mit den Flügeln und schienen ihn zum Eintreten auffordern zu wollen. Tuor stieg die breite Treppe hinauf, die nun von Grasnelken und Feuernelken überwuchert war, schritt unter einem gewaltigen Türbalken hindurch, trat in den

Schatten von Turgons Haus und gelangte schließlich in eine hohe Säulenhalle. Hatte diese schon von außen gewaltig gewirkt, so kam ihm jetzt das Innere noch weitläufiger und wunderbarer vor; Wehmut hielt ihn davor zurück, in ihrer Leere ein Echo zu wecken. Nichts war zu sehen, außer einem erhöhten Sitz auf einer Estrade am östlichen Ende, und so leise wie möglich schritt er darauf zu. Doch das Geräusch seiner Schritte auf dem gepflasterten Boden gemahnte ihn an die Schritte des Schicksals, und das Echo lief vor ihm her durch die säulenbegrenzten Gänge.

Im Halbdunkel stand er vor dem großen Sessel und sah, daß er aus einem einzigen Steinblock gehauen und mit seltsamen Zeichen bedeckt war. Die untergehende Sonne stand auf gleicher Höhe mit einem hoch gelegenen Fenster im westlichen Giebel, eine Lichtbahn traf auf die Wand vor ihm, und blankpoliertes Metall glänzte auf. Verwundert sah Tuor, daß an der Wand hinter dem Thron ein Schild, eine große Halsberge, ein Helm und ein Schwert, das in einer Scheide steckte, hingen. Die Halsberge schimmerte, als sei sie aus reinem Silber geschmiedet, und der Sonnenstrahl schmückte sie mit goldenen Flecken. Die Form des Schildes war lang und spitz zulaufend, und sie war Tuor fremd. Sein Untergrund war blau, und aus seiner Mitte trat das geschmiedete Emblem eines weißen Schwanenflügels hervor. Da erhob Tuor seine Stimme, und sie hallte in dem Gewölbe wie eine Herausforderung: »Kraft dieses Zeichens werde ich diese Waffen in meinen Besitz nehmen, und ich will jedes Schicksal tragen, das sie in sich bergen.«[6] Er hob den Schild von der Wand und fand ihn überaus leicht und handlich, denn er bestand aus Holz, wie es schien, doch kunstreiche Elbenschmiede hatten ihn mit hauchdünnen, harten Metallplatten überzogen, die ihn vor Holzwurm und Witterung geschützt hatten.

Dann legte Tuor die Halsberge an, setzte den Helm auf und gürtete sich mit dem Schwert, dessen schwarze Scheide und dessen Gürtel von silbernen Schnallen gehalten wurden. Also gewappnet, verließ er Turgons Halle und stand im roten Sonnenlicht auf den hohen Terrassen von Taras. Kein Auge erblickte ihn, als er, golden und silbern schimmernd, nach Westen Ausschau hielt. Er wußte nicht, daß er in dieser Stunde als einer der Mächtigen des Westens in Erscheinung trat, würdig, der Vater jener Könige zu sein, von denen die Könige der Menschen jenseits des Meeres abstammten, und in der Tat war dies sein Schicksal.[7] Aber nachdem er diese Waffen ergriffen hatte, ging eine Veränderung mit ihm vor, und sein Herz füllte sich mit Kraft. Als er die Türstufen hinabschritt, neigten sich die Schwäne vor ihm. Jeder von ihnen zog eine große Feder aus dem Flügel und bot sie ihm dar, indem er den langen Hals auf die Steine zu Tuors Füßen legte. Und Tuor nahm die sieben Federn und befestigte sie an der Spitze des Helmes. Die Schwäne aber hoben sich ohne Verzug in die Luft, flogen, während die Sonne unterging, nach Norden, und er sah sie niemals wieder.

Tuor spürte, wie seine Füße zum Meeresstrand gezogen wurden, und er ging die langen Treppen hinab und betrat ein weites Ufer an der Nordflanke des Taras-ness. Er sah, daß die sinkende Sonne in einer großen schwarzen Wolke verschwand, die am Rande des sich verdunkelnden Meeres aufstieg; es wurde kalt, und das Wasser geriet in eine murmelnde Bewegung, als kündige sich ein Sturm an. Tuor stand am Ufer, und die Sonne loderte wie ein rauchendes Feuer am drohenden Himmel. Es war ihm, als erhebe sich in weiter Ferne eine gewaltige Woge und rolle auf das Land zu, doch wie verzaubert blieb er an seinen Fleck gebannt, und unbeweglich harrte er aus. Und die Welle rollte auf ihn zu, gekrönt von dunstigen Schatten. Als sie näher herangekommen war, kräuselte sie sich, brach und griff mit weißen Schaumarmen nach vorn. Aber dort, wo sie sich gebrochen hatte, stand, dunkel gegen den aufziehenden Sturm, eine lebendige Gestalt, über die Maßen groß und majestätisch.

Tuor verbeugte sich ehrerbietig, denn ihm war, als stünde er einem mächtigen König gegenüber. Er trug eine prächtige, silbrige Krone, unter der das lange Haar, in der Dunkelheit schimmernd, wie Schaum hervorquoll. Er schlug den grauen Umhang zurück, der ihn wie ein Schleier umwallte, und enthüllte einen funkelnden Mantel, der eng am Leib anlag wie ein Schuppenkleid eines großen Fisches, und ein tiefgrünes Unterkleid, das blitzte und flackerte, als er gemessen an Land schritt. So zeigte sich der Bewohner der

Tiefe, den die Noldor Ulmo nennen, der Herr der Wasser, so erschien er bei Vinyamar vor Tuor, dem Sohn Huors aus dem Hause Hador.

Er setzte seinen Fuß nicht auf den Strand, sondern stand bis zu den Knien im grauen Wasser, während er das Wort an Tuor richtete. Der Glanz seiner Augen und der Klang seiner tiefen Stimme schienen aus dem Inneren der Welt zu kommen, und von Furcht überwältigt warf Tuor sich in den Sand nieder.

»Stehe auf, Tuor, Sohn Huors!« sagte Ulmo. »Fürchte meinen Zorn nicht, obwohl ich dich lange und vergeblich gerufen habe, und du, nachdem du endlich aufgebrochen warst, auf der Reise hierher viel Zeit vergeudet hast. Du hättest im Frühjahr hier sein sollen, doch jetzt naht ein bitterer Winter aus dem Lande des Feindes! Du mußt lernen, dich zu sputen; den angenehmen Weg, den ich dir bestimmt hatte, kannst du jetzt nicht mehr gehen, denn meine Pläne sind durchkreuzt worden,[8] und großes Unheil schleicht durch das Tal des Sirion. Zwischen dir und deinem Ziel lauert bereits ein Heer von Feinden.«

»Was ist mein Ziel, Hoher Herr?« fragte Tuor.

»Das, welches dein Herz immer gesucht hat«, antwortete Ulmo. »Turgon zu finden und die Verborgene Stadt mit eigenen Augen zu sehen; denn du bist auserkoren, mein Bote zu sein und jene Waffen zu tragen, die ich vor langer Zeit für dich bestimmt habe. Doch jetzt mußt du schattengleich die Gefahren durchqueren. Deshalb hülle dich in diesen Umhang, und wirf ihn niemals ab, bevor du nicht an das Ziel deiner Reise gelangt bist.«

Tuor schien es, als teile Ulmo seinen Umhang und werfe ihm einen Zipfel zu; als er über ihn fiel, erwies er sich als so groß, daß er sich von Kopf bis Fuß darin einhüllen konnte.

»So sollst du unter meiner Obhut wandeln«, sagte Ulmo. »Doch halte dich nicht länger auf, denn in den Ländern von Anar und in den Feuern Melkors kann ich dich nicht schützen. Willst du meinen Auftrag übernehmen?«

»Ich will, Herr«, antwortete Tuor.

»Dann will ich dir Worte sagen, die du an Turgon weitergeben sollst«, sprach Ulmo. »Doch zunächst will ich dich unterweisen, und du wirst einige Dinge erfahren, von denen kein Mensch weiß, ja, die nicht einmal die Mächtigen der Eldar kennen.« Und Ulmo sprach zu Tuor von der Verhüllung Valinors, der Verbannung der Noldor, von Mandos' Fluch und dem Verborgenen Segensreich. »Merke dir aber«, sagte er, »im Panzer des Schicksals (wie die Kinder der Erde sagen) ist immer eine Lücke und in den Mauern des Verhängnisses eine Bresche, bis zu jenem letzten Punkt, den ihr das Ende nennt. Solange ich lebendig bin, wird es eine geheime Stimme geben, die widerspricht, und ein Licht, das dort leuchtet, wo Finsternis sich ausbreiten will. Wenn ich auch in diesen Tagen des Dunkels dem Willen meiner Brüder, den Herren des Westens, scheinbar zuwiderhandle, so ist dies doch meine Aufgabe, zu der ich berufen wurde, bevor die Welt entstand. Doch das Verhängnis lastet schwer, und der Schatten des Feindes wird größer. Ich selbst bin geschwächt und werde in Mittelerde schließlich nur noch ein heimliches Flüstern sein. Die Wasser, die nach Westen fließen, trocknen aus, ihre Quellen sind vergiftet, und meine Macht muß aus dem Lande weichen, denn Elben und Menschen werden durch die Kraft Melkors mir gegenüber blind und taub. Nun geht Mandos' Fluch rasch seiner Erfüllung entgegen, alle Werke der Noldor werden untergehen, und die Hoffnungen, die sie hegten, werden zerbrechen; allein eine letzte ist geblieben, eine Hoffnung, die sie nicht erwarteten und auf die sie nicht vorbereitet sind: Diese Hoffnung liegt in dir, denn so habe ich es beschlossen!«

»Dann wird sich Turgon also nicht gegen Morgoth erheben, wie alle Eldar noch immer glauben?« fragte Tuor. »Und was erwartet Ihr von mir, Herr, wenn ich jetzt zu Turgon komme? Wenn ich auch wahrlich willens bin, es meinem Vater gleichzutun und diesem König in seiner Not beizustehen, wie kann ich ihm von Nutzen sein? Ich bin ein einzelner, sterblicher Mensch unter den vielen tapferen Helden des Hohen Volkes aus dem Westen.«

»Wenn ich mich entschlossen habe, dich zu meinem Boten zu machen, Tuor, Sohn Huors, so glaube nicht, dieses eine Schwert sei es nicht wert, auf die Reise geschickt zu werden. Die Elben werden sich der Tapferkeit der Edain erinnern, solange die Zeiten währen, und sie erstaunen darüber, daß diese ihr Leben, das auf Erden so kurz ist, freiwillig hingeben. Aber nicht nur wegen deiner Tapferkeit habe ich dich gewählt, sondern um eine Hoffnung in die Welt zu tragen, die größer ist als du selbst, und ein Licht, das die Finsternis durchdringen soll.«

Als Ulmo dieses sagte, wuchs das Brausen des Sturms zu einem gewaltigen Aufschrei, der Wind erreichte seine größte Stärke, und der Himmel färbte sich schwarz. Der Umhang des Herrn der Wasser wehte wie eine fliegende Wolke im Wind. »Geh jetzt«, sagte Ulmo, »damit das Meer dich nicht verschlinge! Denn Osse gehorcht dem Willen Mandos', und er ist zornig darüber, ein Werkzeug des Verhängnisses zu sein.«

»Wie Ihr befehlt«, sagte Tuor. »Doch wenn ich dem Unheil entgehe, welche Worte soll ich Turgon sagen?«

»Wenn du zu ihm kommst«, erwiderte Ulmo, »werden dir die Worte von allein auf die Lippen kommen, und dein Mund wird sprechen, als sei ich an deiner Stelle. Sprich und fürchte dich nicht! Und später handle, wie dein Herz und dein Mut es dir befehlen! Vertraue fest auf meinen Mantel, denn er wird dich schützen. Und ich will jemanden zu dir schicken, der Osses Wüten entkam, der dich geleiten wird, fürwahr, den letzten Seefahrer des letzten Schiffes, das nach Westen aufbricht, bevor der Stern aufgeht. Nun kehre ans Land zurück!«

Dann krachte der Donner, Blitze zuckten über dem Meer, und Tuor erblickte Ulmo, der wie ein silberner Turm in den Wogen stand, umgeben von züngelnden Flammen. Und er schrie gegen den Wind:

»Ich gehe, Herr, auch wenn mein Herz nun heftiger nach dem Meer verlangt!«

Darauf hob Ulmo ein riesiges Horn und blies einen einzigen, machtvollen Ton, und gegen diesen war das Tosen des Sturms nur wie ein Windstoß über einem Teich. Als Tuor diesen Ton vernahm, von ihm eingeschlossen und erfüllt wurde, wollte es ihm scheinen, als verschwänden die Küsten Mittelerdes, und wie auf einem gewaltigen Traumgemälde sah er alle Wasser der Erde: von den Wasseradern im Lande bis zu den Flußmündungen, von den Stränden und Buchten bis in die Tiefen des Meeres. Er sah das Große Meer, blickte durch seine unruhigen Sphären, wimmelnd von sonderbaren Gestalten, bis in seine lichtlosen Tiefen, wo inmitten ewiger Finsternis Stimmen widerhallten, schrecklich für die Ohren Sterblicher. Mit dem schweifenden Blick der Valar überschaute er die unermeßlichen Wasserflächen, die unbeweglich unter dem Auge Anars lagen, unter dem Sichelmond glitzerten oder sich zu verderbenbringenden Gebirgen auftürmten, die gegen die Schatteninseln[9] anbrandeten. Fern am Horizont, unzählbare Meilen entfernt, erspähte er einen Berg, der sich zu unfaßbarer Höhe erhob, hineinragend in eine strahlende Wolke, und an dessen Fuß eine langgestreckte Brandung aufschimmerte. Gerade als er sich anstrengte, das Rauschen jener fernen Wellen zu erlauschen und das ferne Licht deutlicher zu erkennen, brach der Klang des Horns ab; er verharrte unter dem Donner des Sturms, und vielarmige Blitze rissen den

Himmel über ihm auseinander. Ulmo war verschwunden, die See tobte, und die wilden Wogen Osses brandeten gegen die Mauern Nevrasts.

Darauf floh Tuor vor dem entfesselten Meer, und er hatte große Mühe, auf die hochgelegenen Terrassen zurückzugelangen, denn der Wind drückte ihn gegen die Klippe, und als er ihre freiliegende Spitze erreicht hatte, zwang ihn der Sturm in die Knie. Um Schutz zu suchen, trat er deshalb noch einmal in die dunkle, leere Halle, und, auf dem steinernen Thron Turgons sitzend, verbrachte er die Nacht. Die Säulen erzitterten unter der wilden Gewalt des Sturmes, in den sich, wie es Tuor schien, Gejammer und wildes Geschrei mischten. Da er erschöpft war, versank er zeitweise in Schlaf, der von vielen unruhigen Träumen heimgesucht wurde, doch nur an einen einzigen konnte er sich erwachend erinnern: das Bild einer Insel, in deren Mitte sich ein steiler Berg erhob. Dahinter ging die Sonne unter, Schatten verbreiteten sich über den Himmel, doch hoch darüber stand ein einzelner Stern mit blendendem Licht.

Nach diesem Traum fiel Tuor in tiefen Schlaf, denn noch bevor die Nacht vorüber war, zog der Sturm weiter und trieb die Wolken in den Osten der Welt. Schließlich erwachte er im grauen Morgenlicht, erhob sich und verließ den Thron. Als er in die schwach erhellte Halle hinabstieg, sah er, daß sie von vielen Seevögeln bevölkert war, die der Sturm hierher verschlagen hatte. Er trat ins Freie, als der

Glanz der letzten Sterne im Licht des kommenden Tages verblaßte. Er sah, daß in der Nacht die gewaltigen Wellen hoch auf das Land gerollt waren und ihre schaumigen Kämme bis zu den Spitzen der Klippen geworfen hatten. Wasserpflanzen und grober Kies waren sogar auf die Terrassen bis vor die Türen geschleudert worden. An die Mauer gelehnt, blickte Tuor von der untersten Terrasse hinunter und erblickte zwischen Steinen und Tang die Gestalt eines Elben, gekleidet in einen grauen, von Seewasser durchweichten Mantel. Schweigend saß er da und starrte über den verwüsteten Strand auf die langgestreckten Wellenrücken. Ringsum war Stille, und außer dem Rauschen der Brandung war kein Laut zu hören.

Als Tuor dastand und die schweigende graue Gestalt ansah, erinnerte er sich der Worte Ulmos, und wie von selbst kam ihm ein Name auf die Lippen, und er rief mit lauter Stimme:

»Willkommen, Voronwe, ich habe dich erwartet!«[10]

Darauf wandte sich der Elbe um, sah auf, und Tuor begegnete dem durchdringenden Blick seiner meergrauen Augen und wußte, daß er einen Noldor vor sich hatte. Furcht und Staunen lagen in diesen Augen, als der Elbe Tuor hoch über sich auf der Mauer stehen sah: in seinen großen Mantel wie in einen Schatten gekleidet, den schimmernden Elben-Harnisch auf der Brust.

Einen Augenblick verharrten sie so, jeder forschte im Gesicht des anderen, und dann verbeugte sich der Elbe tief vor Tuor. »Wer seid Ihr, Herr?« fragte er. »Lange habe ich mit der unerbittlichen See gekämpft. Sagt mir also, ob sich, seit ich das feste Land verließ, etwas von Bedeutung ereignet hat. Ist der Schatten besiegt? Ist das Verborgene Volk erschienen?«

»Nein«, erwiderte Tuor. »Der Schatten lastet noch immer auf dem Land, und das Verborgene bleibt verborgen.«

Darauf blickte ihn Voronwe lange schweigend an. »Aber wer seid Ihr?« fragte er wieder. »Vor vielen Jahren hat mein Volk dieses Land verlassen, und niemand hat seitdem hier gewohnt. Jetzt begreife ich, daß Ihr trotz Eurer Kleidung nicht meinem Volk angehört, wie ich zuerst annahm, sondern dem menschlichen Geschlecht.«

»So ist es«, sagte Tuor. »Und bist du nicht der letzte Seefahrer des letzten Schiffes, das von den Anfurten Círdans nach Westen segelte?«

»Der bin ich«, antwortete der Elbe. »Ich bin Voronwe, Sohn Aranwes. Aber ich verstehe nicht, wie Ihr meinen Namen und mein Schicksal kennen könnt?«

»Weil der Herr der Wasser am Abend zu mir gesprochen hat«, sagte Tuor, »und er sagte, daß er dich vor dem Zorn Osses gerettet habe, und dich hierher schicken würde, um mein Führer zu sein.«

Erschrocken und verwundert rief Voronwe: »Ihr habt mit Ulmo, dem Mächtigen, gesprochen? Dann müssen Euer Ansehen und Eure Bestimmung in der Tat groß sein! Doch wohin soll ich Euch geleiten, Herr? Sicherlich seid Ihr unter den Menschen ein König, und viele werden auf Euren Befehl warten.«

»Nein, ich bin ein entflohener Sklave«, sagte Tuor, »ein Verfemter, einsam in einem ausgestorbenen Land. Doch ich habe eine Botschaft für Turgon, den Verborgenen König. Weißt du, wie ich ihn finden kann?«

»In diesen schlimmen Zeiten sind viele verfemt und versklavt, denen es bei ihrer Geburt nicht bestimmt war«, erwiderte Voronwe. »Ich schätze, daß Ihr zu Recht ein Mächtiger unter den Menschen seid. Doch wäret Ihr auch der Höchste unter Ihnen, hättet Ihr doch kein Recht, nach Turgon zu forschen, und Eure Suche wäre vergeblich. Selbst wenn ich Euch bis vor seine Tore geleiten würde, könntet Ihr sie nicht passieren.«

»Nicht weiter als bis zum Tor, bitte ich dich, mich zu geleiten«, sagte Tuor. »Dort werden das Schicksal und der Wille Ulmos miteinander streiten. Wenn Turgon mich nicht zu sich läßt, ist mein Auftrag beendet, und das Verhängnis wird seinen Lauf nehmen. Aber was mein Recht angeht, Turgon aufzusuchen, höre also: Ich bin Tuor, Huors Sohn und Abkömmling Húrins, deren Namen Turgon nicht vergessen haben wird. Und überdies suche ich ihn auf Befehl Ulmos. Sollte Turgon vergessen haben, was Ulmo einst zu ihm sagte: *Denke daran, daß die letzte Hoffnung der Noldor vom Meer kommen wird.* Oder: *Wenn die Gefahr nahe ist, wird jemand aus Nevrast kommen, um dich zu warnen.*[11] Dieser Mann bin ich, ein Rad im Getriebe, das meinetwegen in Gang gesetzt wurde.«

Verwundert hörte Tuor sich selbst diese Worte sprechen, denn als er von Nevrast aufgebrochen war, hatte er Ulmos Botschaft an Turgon nicht gekannt. Niemand kannte sie, das Verborgene Volk ausgenommen. Deshalb war Voronwe um so überraschter, doch er wandte sich ab, schaute auf das Meer und seufzte: »Wohlan!« sagte er. »Ich habe gewünscht, nie wieder zurückzukehren. Sollte ich jemals wieder einen Fuß an Land setzen, so habe ich mir oft genug in den Tiefen der See gelobt, wollte ich, weit entfernt von den Schatten des Nordens, in Muße leben. Bei den Anfurten Círdans vielleicht, oder in den freundlichen Gefilden Nantathrens, wo der Frühling lieblicher ist, als das Herz es sich erträumen kann. Aber während ich wanderte, hat die Macht des Bösen zugenommen, die letzte Gefahr nähert sich meinem Volk, und ich muß zurückkehren.« Er wandte sich wieder gegen Tuor: »Ich will Euch zu den verborgenen Toren führen«, sagte er, »denn ein kluger Mann wird sich den Ratschlüssen Ulmos nicht widersetzen.«

»Dann wollen wir zusammen gehen, wie es uns aufgetragen ist«, sagte Tuor. »Doch klage nicht, Voronwe! Denn mein Herz spricht zu dir: möge deine lange Reise dich weit von den Schatten wegführen und deine Hoffnung, an das Meer zurückzukehren, möge sich erfüllen.«[12]

»Die Eure ebenso«, sagte Voronwe. »Aber jetzt müssen wir das Meer verlassen und uns sputen.«

»Ja«, sagte Tuor. »Aber wohin willst du mich führen und wie weit? Sollen wir nicht zuerst darüber nachdenken, wie wir uns in der Wildnis zurechtfinden oder, falls die Reise lange dauert, wie wir ohne Unterschlupf den Winter überstehen werden?«

Aber über ihren Reiseweg wollte Voronwe nichts Genaues sagen. »Was Menschen vermögen, ist Euch wohlbekannt«, sagte er, »was mich freilich angeht, so bin ich ein Noldor, und Hunger und Winterkälte müssen schon lange andauern, ehe sie jemanden aus jenem Stamm töten, der das Malm-Eis überquert hat. Wie, glaubt Ihr, konnten wir ungezählte Tage in den salzigen Wüsten des Meeres überstehen? Habt Ihr nicht von der Wegerichpflanze der Elben gehört? Ich trage noch immer einen Vorrat bei mir, wie es alle Seefahrer bis zuletzt zu tun pflegen.« Darauf ließ er unter seinem Umhang ein versiegeltes Säckchen sehen, das an seinen Gürtel geschnallt war. »Solange es versiegelt ist, können ihm weder Wasser noch Kälte etwas anhaben. Aber nur in größter Not dürfen wir es angreifen. Außerdem wird ein Verfemter und Jäger sicherlich noch andere Nahrung finden, solange es die Jahreszeit zuläßt.«

»Vielleicht«, sagte Tuor. »Doch nicht in jedem Land ist das Jagen ungefährlich, und sei noch so reichlich Beute vorhanden. Außerdem verzögert es die Reise.«

Nun machten sich Tuor und Voronwe zum Aufbruch bereit. Von den Waffen, die er aus der Halle mitgebracht hatte, nahm Tuor den kleinen Bogen und Pfeile mit; den Speer jedoch, der in der Runenschrift der Nord-Elben seinen Namen trug, stellte er an die Wand, zum Zeichen, daß er hier vorübergekommen war. Voronwe führte außer einem kurzen Schwert keine Waffe.

Bevor der Tag anbrach, verließen sie den alten Wohnsitz Turgons, und Voronwe führte Tuor die steilen Hänge des Taras hinab und über die große Landzunge. Dort hatte einst die Straße von Nevrast nach Brithombar entlanggeführt, von der jetzt nur noch eine grüne Spur zwischen grasüberwachsenen Erdwällen übrig war. So gelangten sie nach Beleriand und in den nördlichen Teil der Falas. Dort wandten sie sich nach Osten und suchten Zuflucht im Schatten der überhängenden Felsen des Ered Wethrin; dort rasteten sie versteckt, bis die Dämmerung hereinbrach. Obwohl Brithombar und Eglarest, die alten Wohnstätten der Falathrim, noch weit entfernt waren, hausten dort jetzt die Orks, und das ganze Land wimmelte von Morgoths Spähern; er fürchtete nämlich die Schiffe Círdans, die gelegentlich die Küsten überfielen und sich mit den Bewaffneten vereinigten, die von Nargothrond ausgeschickt wurden.

Als sie nun, eingehüllt in ihre Mäntel, schattengleich im Schutz der Hügel hockten, sprachen Tuor und Voronwe viel miteinander. Tuor stellte viele Fragen nach Turgon, doch sprach Voronwe über ihn nur wenig, sondern erzählte lieber von den Behausungen auf der Insel Balar und von den Lisgardh, den Schilfwäldern an den Mündungen des Sirion.

»Dort nimmt jetzt die Zahl der Elben zu«, sagte er, »denn von beiden Stämmen fliehen immer mehr dorthin, sei es aus Furcht vor Morgoth, oder weil sie des Krieges überdrüssig sind. Ich aber verlasse das Volk nicht, dem ich mich zugehörig fühle. Im Anschluß an die Bragollach, und nachdem der Belagerungsring um Angband gesprengt worden war, überkamen Turgon zum ersten Mal Zweifel, ob Morgoth sich nicht doch als zu stark erweisen würde. In jenem Jahr sandte er eine erste Vorhut seines Volkes durch die Tore nach draußen; es waren nur wenige, und sie hatten einen geheimen Auftrag. Sie zogen den Sirion hinunter bis zu den Küsten an seiner Mündung, und dort bauten sie Schiffe. Doch sie waren nicht sehr erfolgreich: Es gelang ihnen lediglich, die Große Insel Balar zu erreichen und dort heimliche Unterschlupfe anzulegen, die außerhalb der Reichweite Morgoths lagen; denn die Noldor verstehen sich nicht auf die Kunst, Schiffe zu bauen, die den Wellen des Großen Belegaer lange standhalten.[13]

Aber als Turgon später davon hörte, daß die Falas verwüstet, die alten Anfurten der Schiffbauer geplündert worden seien, Círdan, wie man sagte, einen Rest seines Volkes gerettet habe und in südlicher Richtung zur Bucht von Balar fortgesegelt sei, schickte er erneut Boten aus. Dies ist noch gar nicht lange her, doch kommt es mir in der Erinnerung vor, als sei es die längste Zeitspanne meines Lebens gewesen. Denn ich war einer von denen, die ausgesandt wurden, und unter den Eldar war ich jung an Jahren. Ich bin hier in Mittelerde im Lande Nevrast geboren. Meine Mutter war eine Grau-Elbe und mit Círdan blutsverwandt – in den ersten Jahren der Herrschaft Turgons vermischten sich die Völker in Nevrast häufig –, und ich habe als mütterliches Erbteil mein Seemannsblut. Aus diesem Grund war ich unter den Ausgewählten, denn wir wurden zu Círdan geschickt, ihn um Rat für unseren Schiffbau zu bitten und um den Herren des Westens eine Botschaft und die Bitte um Beistand zu übermitteln, ehe alles verloren war. Doch ich säumte unterwegs, denn ich hatte bis dahin wenig von den Ländern Mittelerdes gesehen, und es war gerade Frühling, als wir nach Nan-tathren kamen. Lieblich und herzerquickend ist dieses Land, Tuor, wie Ihr selbst feststellen werdet, wenn Ihr jemals auf den südlichen Straßen den Sirion entlangwandern solltet. Dieses Land ist das Heilmittel gegen die Sehnsucht nach dem Meer, wenn auch nicht für jene, die ihrer Bestimmung nicht entgehen können. Dort ist Ulmo nur der Diener Yavannas, und dort hat die Erde einen Überfluß an Schönheit hervorgebracht, der für jene, die in den rauhen Hügeln des Nordens leben, schier unfaßbar ist. In diesem Land vereinigen sich Narog und Sirion, ihr schneller Lauf mäßigt sich, und sie fließen breit und ruhig zwischen erquickenden Wiesen dahin. Überall am glitzernden Fluß wachsen Schwertlilien wie ein Wald aus Blüten, das Gras ist mit Blumen durchflochten wie mit Edelsteinen, mit Glocken und roten und goldenen Flammen, einer verschwenderischen Pracht vielfarbiger

Sterne auf einem grünen Himmel. Doch am schönsten sind die Weidenbäume Nan-tathrens, mattgrün oder silbrig im Wind, und das Rauschen ihrer unzähligen Blätter ist wie bezaubernde Musik. Tage und Nächte trieben unbemerkt dahin, während ich im kniehohen Gras stand und lauschte. Dort erlag ich einem Zauber, und in meinem Herzen vergaß ich das Meer. Ich wanderte umher, gab unbekannten Blumen Namen oder lag träumend unter einer Glocke von Vogelgesang und Bienengesumm. Dort würde ich noch immer in Freuden leben, ohne einen Gedanken an mein Volk, die Schiffe der Teleri oder die Schwerter der Noldor, doch mein Schicksal wollte es anders. Vielleicht war es auch der Herr der Wasser selbst, dessen Macht groß war in jenem Land.

Es kam mir in den Sinn, ein Floß aus Weidenästen zu bauen und mich auf den schimmernden Wassern des Sirion zu ergehen; so geschah es, und der Fluß trug mich. Doch eines Tages, als ich mich in der Flußmitte befand, kam plötzlich Wind auf, ergriff das Floß, trieb mich davon aus dem Land der Weidenbäume und dem Meer zu. Also kam ich als letzter der Boten bei Círdan an. Von den sieben Schiffen, die er auf Turgons Bitte erbaut hatte, waren alle bis auf eines bereits fertig. Und eines nach dem anderen setzten sie Segel, steuerten nach Westen, doch weder kehrten sie jemals zurück, noch hat man irgendeine Nachricht von ihnen empfangen.

Aber jetzt begann mein Seefahrerblut in der salzigen

Seeluft schneller zu fließen, ich hatte meine Freude an den Wellen und erlernte das Handwerk der Seeleute, als hätte ich es schon immer beherrscht. So war ich denn, als das letzte und größte Schiff fertiggestellt war, begierig, aufzubrechen, und sagte mir selbst: Wenn es zutrifft, was die Noldor sagen, gibt es im Westen Wiesengründe, mit denen sich das Land der Weidenbäume nicht messen kann. Dort gibt es kein Verwelken, und der Frühling endet niemals, und vielleicht gelange ich, Voronwe, sogar dorthin. Im schlimmsten Fall ist es immer noch besser, sich dem Wasser anheimzugeben als den Schatten im Norden. Ich hatte keine Furcht, denn die Schiffe der Teleri galten als unsinkbar.

Doch die Große See ist furchtbar, Tuor, Sohn Huors, und sie haßt die Noldor, weil sie die Valar verderben will. Sie hält Schlimmeres bereit als den Untergang in ihren Abgründen: Abscheu, Einsamkeit und Wahnsinn, Schrecken des Sturms, Aufruhr und Stille und Schatten, wo jede Hoffnung vergeben ist und jedes Leben erstirbt. Und sie bespült viele sonderbare und verderbenbringende Gestade und wimmelt von Inseln voller Furcht und Gefahr. Ich will Euer Herz nicht trüben, Sohn Mittelerdes, mit der Geschichte meiner siebenjährigen Irrfahrt auf dem Großen Meer, die mich vom Norden bis in den Süden, doch niemals in den Westen verschlug, denn dieser ist uns verschlossen.

Schließlich, in finsterer Verzweiflung, zerfallen mit der Welt, wendeten wir das Schiff und flohen vor dem Verhängnis, das uns so lange verschont hatte, um uns um so grausamer zu treffen. Gerade nämlich, als wir in der Ferne einen Berg erspähten, und ich ausrief: ›Seht, dort liegt Taras, das Land meiner Geburt!‹ – in diesem Augenblick frischte der Wind auf, und aus dem Westen zogen massige, donnerschwangere Wolken herauf. Dann jagten uns die Wellen, als seien sie lebende, bösartige Wesen, und die Blitze zuckten auf uns herab. Und wenn wir wie eine hilflose Nußschale hinabgepreßt worden waren, schleuderten uns die tobenden Seen wieder empor. Aber ich blieb, wie Ihr seht, verschont. Es kam eine Woge herbei, größer und doch ruhiger als die anderen, wie mir schien, und sie packte mich, hob mich vom Schiff, trug mich hoch auf ihren Schultern, rollte an Land und warf mich in das Gras. Dann flutete sie zurück und ergoß sich wie ein Wasserfall über den Klippenrand. Länger als eine Stunde saß ich dort, noch benommen vom Meer, als Ihr auf mich zukamt. Noch immer habe ich die Furcht in mir und spüre den Schmerz über den bitteren Verlust aller meiner Freunde, die an meiner Seite waren auf einer langen und weiten Fahrt, die uns über die Gefilde der Sterblichen hinausgeführt hatte.«

Voronwe seufzte und sprach dann leise wie zu sich selbst: »Doch hell standen die Sterne am Rande der Welt, wenn sich die Wolken im Westen gelegentlich verzogen hatten. Freilich weiß ich nicht, ob wir nur ferne Wolken sahen, oder in der Tat, wie manche glaubten, die Berge der Abwehr, die Pelóri, erblickten, die sich über den ausgestorbenen Stränden unserer alten Heimat erheben. Fern, unendlich fern, standen sie, und ich glaube, kein Sterblicher wird jemals wieder in jene Gegenden kommen.« Danach verstummte er. Die Nacht war hereingebrochen, und die Sterne schimmerten weiß und kalt.

Bald darauf erhoben sich Tuor und Voronwe, kehrten dem Meer den Rücken und brachen zu ihrer langen Reise in die Finsternis auf. Wenig ist darüber zu berichten, denn Ulmos Schatten wachte über Tuor, und niemand erspähte sie auf ihrem Weg durch Wald und Fels, Felder und Auen, zwischen der untergehenden und der aufgehenden Sonne. Doch sie blieben immer auf der Hut, wichen den Jägern Morgoths aus, die auch nachts sehen können, und vermieden die ausgetretenen Pfade der Elben und Menschen. Voronwe bestimmte den Weg, und Tuor folgte ihm. Er stellte keine überflüssigen Fragen, doch bemerkte er wohl, daß sie immer dem aufwärts nach Osten verlaufenden Bergzug folgten und sich niemals nach Süden wandten. Er wunderte sich darüber, denn wie die meisten Elben und Menschen war er der Ansicht, Turgon wohne weit von den Schlachtfeldern des Nordens entfernt.

Im Zwielicht oder in der Nacht kamen sie in der unwegsamen Wildnis langsam voran, und um so rascher zog der rauhe Winter aus Morgoths Reich herbei. Trotz der schützenden Hügel waren die Winde kräftig und beißend, und bald lag tiefer Schnee auf den Höhen, wirbelte über die Pässe und fiel auf die Wälder von Núath, ehe diese noch ihre welken Blätter gänzlich abgeworfen hatten.[14] So kam, obwohl sie in der ersten Hälfte der Narqueliё aufgebrochen waren, die Hísime mit beißendem Frost, gerade als sie sich den Quellen des Narog näherten.

Dort, am Ende einer mühseligen Nacht, machten sie im Morgengrauen Halt; Voronwe erschrak und blickte sich furchtsam und schmerzerfüllt um: Wo einst der Weiher von Ivrin in seinem großen, durch die Wasserfälle ausgewaschenen steinernen Becken erglänzte, wo er als eine baumgesäumte Mulde in den Hügeln gelegen hatte, erblickte er jetzt nichts als ein besudeltes und verwüstetes Gelände. Die Bäume waren verbrannt oder herausgerissen, die steinerne Umrandung des Beckens war zerbrochen, so daß die ungebändigten Wasser des Ivrin inmitten der Zerstörung einen armseligen Morast bildeten. Alles war jetzt nur noch eine Wüstenei gefrorenen Schlamms, und ein Gestank von Verwesung lag wie ein widerwärtiger Dunst über dem Ort.

»Wehe! Ist das Böse sogar hierher gekommen?« rief Voronwe. »Einst war dieser Ort weit entfernt von der Bedrohung durch Angband, doch die Klauen Morgoths strekken sich immer weiter aus!«

»Es ist so, wie Ulmo gesagt hat«, sagte Tuor: *»Die Quellen sind vergiftet, und meine Macht zieht sich aus den Wassern des Landes zurück.«*

»In der Tat, hier hat ein böser Geist gewaltet«, sagte Voronwe, »der mächtiger ist als die Orks. Furcht umlauert diesen Ort.« Er prüfte den Rand des Morastes, bis er auf einmal innehielt und aufschrie: »Ja, das Böse war groß!« Er forderte Tuor auf, näherzutreten, und dieser sah einen Einschnitt wie eine gewaltige Furche, die nach Süden führte. Zu beiden Seiten verliefen, bald undeutlich, bald durch den Frost hart und klar im Boden ausgeprägt, die Spuren großer, klauenbewehrter Füße. »Seht!« sagte Voronwe, und sein Gesicht war von Furcht und Abscheu bleich, »vor nicht langer Zeit ist der Große Wurm von Angband hiergewesen, die grausamste aller Kreaturen des Feindes! Es kann bereits zu spät sein für unsere Botschaft an Turgon. Eile tut not.«

Gerade als er dies sagte, hörten sie einen Ruf in den Wäldern, und sie verharrten lauschend wie graue Steine. Doch es war eine friedliche Stimme, wenn auch von Schmerz erfüllt; sie schien immer wieder einen Namen zu rufen, als ob sie nach jemandem suche, der verlorengegangen war. Während sie warteten, kam jemand durch die Bäume näher, und sie sahen, daß es ein großer Mann war. Er war bewaffnet, schwarz gekleidet, hatte ein langes Schwert gezogen, und sie wunderten sich, daß dessen Blatt schwarz war, die Kanten aber hell und kalt funkelten. Kummer stand auf seinem Gesicht, und als er den verwüsteten Ivrin sah, schrie er vor Gram laut auf: »Ivrin, Faelivrin! Gwindor und Beleg! Hier wurde ich einst geheilt. Aber jetzt werde ich niemals wieder den Becher des Friedens trinken.«

Darauf schritt er schnell in nördlicher Richtung davon, wie jemand, der auf einer Verfolgungsjagd ist oder eine eilige Botschaft hat. Sie hörten ihn rufen: *Faelivrin, Finduilas!,* bis seine Stimme in den Wäldern verhallte.[15] Doch sie wußten nicht, daß Nargothrond gefallen war und daß sie Túrin, den Sohn Húrins, gesehen hatten, den Träger des Schwarzen Schwerts. Auf diese Weise kreuzten sich für einen Augenblick und niemals wieder die Wege der Blutsverwandten Túrin und Tuor.

Nachdem das Schwarze Schwert verschwunden war, setzten sie ihren Weg noch eine Weile fort, obwohl es Tag geworden war, denn die Erinnerung an den Schmerz dieses Mannes lastete schwer auf ihnen, und sie konnten es nicht über sich bringen, in der Nähe des verwüsteten Ivrin zu bleiben. Doch bald suchten sie sich ein Versteck, denn jetzt war ringsum das Land von der Vorahnung des Bösen erfüllt. Ihr Schlaf war kurz und unerquicklich, und als der Tag sich neigte und es dunkel wurde, setzte heftiger Schneefall ein, und mit der Nacht kam grimmiger Frost. Von diesem Augenblick an hörten Schnee und Eis überhaupt nicht mehr auf, und fünf Monate lang hielt der Grausame Winter, an den man sich noch lange erinnerte, den Norden in seinem Bann. Nun wurden Tuor und Voronwe von der Kälte gequält, und sie fürchteten, ihre Spuren im Schnee könnten sie jagenden Feinden verraten, oder sie könnten in einen heimtückischen Hinterhalt geraten. Sie marschierten neun Tage lang, immer langsamer und unter wachsenden Qualen, als sich Voronwe ein wenig nach Norden wandte, bis sie die drei Quellflüsse des Teiglin überquerten. Darauf ging es wieder ostwärts, sie verließen die Berge und gingen vorsichtig weiter, bis sie den Glithui überquerten und an den Malduin kamen, dessen Wasser schwarz gefroren war.[16]

Da sprach Tuor zu Voronwe: »Der Frost ist grausam, und der Tod nähert sich uns.« In der Tat war ihre Lage sehr schlimm, denn es war lange her, seit sie in der Wildnis ein wenig Nahrung gefunden hatten, die Wegzehrung schwand dahin, und sie waren durchfroren und erschöpft.

»Es ist bitter«, sagte Voronwe, »zwischen dem Verhängnis der Valar und der Grausamkeit des Feindes gefangen zu sein. Bin ich dem Rachen der See entkommen, um im Schnee begraben zu werden?«

Aber Tuor sagte: »Wie weit müssen wir jetzt noch gehen? Du mußt jetzt endlich dein Geheimnis mit mir teilen, Voronwe. Hast du mich den kürzesten Weg geführt, und wohin führt er? Denn wenn ich meine letzten Kräfte opfern muß, möchte ich wissen, wozu es gut ist.«

»Ich habe Euch, soweit es unsere Sicherheit zuließ, den kürzesten Weg geführt«, sagte Voronwe. »Wisset nun, Tuor, daß Turgon noch immer im Norden des Landes der Eldar wohnt, wenn es auch nur wenige glauben. Wir sind seinem Wohnsitz schon recht nahe, aber es sind immer noch viele Meilen zurückzulegen, selbst wenn man wie ein Vogel fliegen könnte. Immerhin müssen wir noch den Sirion überqueren, und bis dahin kann uns möglicherweise noch viel Böses begegnen. Bald nämlich erreichen wir die Straße, die von alters her vom Wachtturm König Finrods nach

Nargothrond hinunterführt.[17] Dort werden die Knechte unseres Feindes sich aufhalten und auf der Lauer liegen.«

»Ich hielt mich für den abgehärtetsten der Menschen«, sagte Tuor, »und ich habe viele harte Winter in den Bergen überlebt, doch damals hatte ich eine Höhle als Zuflucht und ein wärmendes Feuer. Jetzt aber, hungrig wie ich bin, zweifle ich an meiner Kraft, bei dieser schlimmen Kälte weiterzugehen. Aber laß uns aufbrechen und marschieren, so weit wie wir können, bevor uns die letzte Hoffnung verläßt.«

»Wir haben keine andere Wahl«, sagte Voronwe, »es sei denn, wir legten uns hier nieder, um im Schnee auf den Todesschlaf zu warten.«

Also kämpften sie sich den ganzen bitteren Tag lang vorwärts, und der Winter machte ihnen mehr zu schaffen als die Bedrohung durch Feinde. Doch je weiter sie vordrangen, desto weniger Schnee fanden sie, denn sie stiegen jetzt wieder nach Süden in das Tal des Sirion hinab und hatten die Berge von Dor-lómin weit hinter sich gelassen. Als die Dämmerung sich vertiefte, erreichten sie die Landstraße, die sich am Fuß des dichtbewaldeten, steilen Flußufers entlangzog. Plötzlich hörten sie Stimmen, und als sie vorsichtig hinter den Bäumen hervorspähten, sahen sie in der Tiefe ein rotes Licht. Eine Gruppe von Orks lagerte mitten auf der Straße, zusammengedrängt um ein mächtiges Holzfeuer.

»Gurth an Glamhoth!« murmelte Tuor.[18] »Jetzt soll das Schwert unter dem Mantel hervorkommen. Ich will den

Tod riskieren, um dieses Feuer in die Hand zu bekommen, und sogar das Fleisch der Orks wäre eine willkommene Beute.«

»Nein!« sagte Voronwe. »Auf dieser Reise hilft uns nur der Mantel. Entweder Ihr schlagt Euch das Feuer aus dem Kopf, oder Ihr müßt Turgon vergessen. Dieser Trupp ist nicht allein in der Wildnis. Sieht denn Euer sterbliches Auge nicht im Norden und Süden den Feuerschein weiterer Wachtposten? Der geringste Lärm würde ein ganzes Heer auf uns hetzen. Hört auf mich, Tuor! Es verstößt gegen das Gesetz des Verborgenen Königreichs, sich seinen Toren zu nähern, wenn einem Feinde auf den Fersen sind. Dieses Gesetz werde ich nicht brechen, weder um Ulmos Auftrag noch um des Todes willen. Wenn Ihr die Orks aufstört, werde ich Euch verlassen.«

»Also lassen wir sie ungeschoren«, erwiderte Tuor. »Doch möge ich den Tag erleben, an dem ich nicht wie ein feiger Hund vor einer Handvoll Orks beiseite zu schleichen brauche.«

»Dann kommt!« sagte Voronwe. »Streitet nicht länger, sonst werden sie uns wittern. Folgt mir!«

Dann kroch er mit dem Wind durch die Bäume nach Süden davon, bis sie sich in der Mitte zwischen dem ersten Ork-Feuer und dem nächsten befanden. Dort stand er lange still und lauschte.

»Ich höre kein Geräusch auf der Straße«, sagte er, »aber wir wissen nicht, was im Dunkel lauert.« Er spähte in die

Finsternis vor ihnen und schauerte. »Es liegt etwas Böses in der Luft«, murmelte er. »Vorwärts! Dort vor uns liegt das Ziel unserer Reise, und dazwischen gibt es nur Leben oder Tod.«

»Der Tod umringt uns von allen Seiten«, sagte Tuor. »Doch ich habe nur noch für die kürzeste Strecke Kraft. Hier muß ich die Straße überqueren oder untergehen. Ich will auf Ulmos Mantel vertrauen, und auch dich wird er einhüllen. Jetzt werde ich die Führung übernehmen!«

Mit diesen Worten schlich er zum Straßenrand. Dann warf er den weiten grauen Mantel über sich und Voronwe, den er an sich preßte, und schritt voran.

Ringsum war es still. Der kalte Wind fegte heulend über die uralte Straße. Doch dann verstummte plötzlich auch er, und Tuor spürte eine Veränderung in der Luft. Es war, als habe Morgoths Land für eine Weile den Atem angehalten, und schwach, wie eine Erinnerung an das Meer, kam eine Brise aus dem Westen herbeigestrichen. Wie ein grauer, vom Wind getragener Nebelfleck überquerten sie die steinige Straße und huschten in ein Dickicht an ihrem östlichen Rand.

Plötzlich erscholl in ihrer Nähe ein wilder Schrei, dem entlang der Straße viele weitere antworteten. Ein Horn heulte mißtönend, und man hörte das Geräusch hastender Füße. Unbeirrt ging Tuor weiter. Während seiner Gefangenschaft hatte er genügend von der Sprache der Orks gelernt, um die Bedeutung der Schreie begreifen zu können: Die Wächter hatten Tuor und Voronwe gewittert und gehört, konnten sie aber nicht sehen. Die Jagd war im Gange. Verzweifelt stolperten sie vorwärts, krochen einen langen Abhang hinauf, wo zwischen verkrüppelten Ebereschen und niedrigen Birken ein dichtes Gestrüpp aus Stechginster und Heidelbeeren wuchs. Auf dem Hügelkamm angelangt, blieben sie stehen und lauschten auf die Rufe in ihrem Rükken und auf die unten durch das Unterholz brechenden Orks.

Neben ihnen war ein Felsblock, dessen oberes Stück aus einem Gewirr von Heidekraut und Brombeeren hervorragte; darunter war ein Lager, wie es ein gejagtes Tier aufsuchen mochte, um der Verfolgung zu entgehen, oder, wenn es nicht anders ging, mit dem Rücken zum Stein sein Leben teuer zu verkaufen. Tuor zog Voronwe in diese schattige Höhle hinein, und unter dem grauen Mantel lagen sie Seite an Seite, keuchend wie zwei junge Füchse. Sie sprachen kein Wort und lauschten mit gespannter Aufmerksamkeit.

Die Rufe der Jäger wurden schwächer, denn die Orks wagten es nie, tiefer in das unwegsame Gelände beiderseits der Straße vorzudringen, doch sie schwärmten auf der Straße auf und ab. Sie machten sich wegen versprengter Flüchtlinge wenig Sorgen, doch sie fürchteten Späher und die Kundschafter bewaffneter Feinde. Morgoth hatte auf der Straße Wachen aufgestellt, nicht um Tuor und Voronwe (von denen er noch nichts wußte) oder jemand anderen zu fangen, der aus dem Westen kam; ihm ging es vielmehr um den Träger des Schwarzen Schwerts, der nicht entkommen, den Gefangenen aus Nargothrond folgen sollte, und der vielleicht Hilfe aus Doriath holen konnte.

Die Nacht ging vorüber, und über dem verlassenen Land lag wieder unheilvolle Stille. Tuor schlief kraftlos und erschöpft unter Ulmos Mantel; Voronwe jedoch kroch bald darunter hervor, stand stumm und unbeweglich wie ein Stein, und sein scharfer Elbenblick drang durch die Schatten. Bei Tagesanbruch weckte er Tuor, und nachdem dieser sich aus dem Mantel geschält hatte, sah er, daß das Wetter sich in der Tat gebessert hatte und die schwarzen Wolken fortgezogen waren. In der Morgendämmerung konnte er weit in der Ferne die Gipfel unbekannter Berge erkennen, die vor dem feurigen Osten aufglühten.

Da sagte Voronwe mit leiser Stimme: *»Alae! Ered en Echoriath, ered e·mbar nín!«*[19] Denn er wußte, daß sie die Umzingelnden Berge und die Mauern von Turgons Reich vor sich liegen sahen. Östlich unter ihnen in einem tiefen, schattigen Tal, lag Sirion, der Schöne, Vielbesungene, und darüber stieg, in Nebel gehüllt, ein graues Land zu den matt getönten Hügeln am Fuß der Berge auf. »Dort drüben liegt Dimbar«, sagte Voronwe. »Wären wir nur dort! Denn nur selten wagen es unsere Feinde, dorthin ihren Fuß zu setzen. Zumindest war es so, als Ulmos Kraft noch im Sirion gegenwärtig war. Aber nun hat sich vielleicht alles geändert[20] – außer der Gefährlichkeit des Flusses: Um diese Zeit ist er bereits tief und reißend, und es ist sogar für die Eldar gefährlich, ihn zu überqueren. Aber ich habe Euch an den rechten Ort geführt, denn dort schimmert die Furt von Brithiach, ein wenig südlich, dort, wo die Oststraße von alters her von Taras über den Fluß in den Westen führt. Außer in verzweifelter Not wagt jetzt niemand, ob Elbe, Mensch oder Ork, sie zu benutzen, seit sie zum Dungortheb und zum Land des Grauens zwischen den Gorgoroth und dem Gürtel Melians führt; seit langem hat sie sich in der Wildnis verloren oder ist zu einem schmalen Pfad zwischen Kraut und Dornenranken geworden.«[21]

Dann deutete Voronwe nach vorn, und Tuor erspähte in weiter Ferne einen Schimmer wie von offenem Wasser im flüchtigen Licht der Dämmerung, doch darüber türmten sich dunkle Massen; dort stieg der große Wald von Brethil nach Süden auf und zog sich in ein fernes Hochland empor. Jetzt stiegen sie unter großer Vorsicht talabwärts und gelangten schließlich an die alte Straße, die von der Wegscheide an den Grenzen Brethils herunterführt, wo sie die Straße von Nargothrond kreuzte. Tuor sah, daß sie dicht an den Sirion herangekommen waren. Die Ufer seines tiefen Flußbettes traten an dieser Stelle zurück, und seine Fluten, sich brechend in ausgedehntem Steingeröll,[22] verliefen sich in breite, flache Arme, in denen das aufgerührte Wasser murmelte. Kurz danach vereinigten sie sich wieder, flossen in einem neuen Flußbett auf den Wald zu und verschwanden in weiter Ferne in dichtem, undurchdringlichem Nebel.

Dort lag, was Tuor nicht wissen konnte, inmitten des überschatteten Gürtels von Melian, die Nordmark von Doriath.

Tuor wollte sofort zur Furt eilen, aber Voronwe hielt ihn zurück und sagte: »Wir dürfen die Brithiach weder am hellen Tag überqueren, noch wenn es Zweifel gibt, daß wir verfolgt werden.«

»Dann sollen wir hier sitzen bleiben und vermodern?« fragte Tuor. »Einen solchen Zweifel wird es geben, solange Morgoths Reich besteht. Komm! Im Schutz von Ulmos Mantel müssen wir es wagen.«

Noch zögerte Voronwe und blickte nach Westen zurück, doch der Pfad hinter ihnen war verlassen, und alles ringsum war ruhig, bis auf das Rauschen des Wassers. Er blickte in die Höhe, und der Himmel war grau und leer, noch nicht einmal ein Vogel flog. Plötzlich erhellte sich sein Gesicht vor Freude, und er rief laut: »Alles ist gut! Die Brithiach wird noch immer von den Widersachern des Feindes bewacht. Hierher werden uns die Orks nicht folgen, und im Schutze des Mantels können wir die Furt ohne Zweifel passieren.«

»Was hast du gesehen?« fragte Tuor.

»Die Augen der Sterblichen reichen nicht weit!« erwiderte Voronwe. »Ich sehe die Adler der Crissaegrim, und sie kommen hierher. Wartet ein wenig!«

Tuor starrte nach oben, und bald sah er in der Luft die Umrisse dreier Vögel, die mit starken Flügelschlägen von den fernen Bergen heranflogen und jetzt wieder von Wolken verhüllt wurden. Langsam, große Kreise beschreibend, gingen sie nieder und sanken plötzlich zu den Wanderern herab. Aber bevor Voronwe ihnen etwas zurufen konnte, schwenkten sie flügelrauschend in weitem Bogen ab und flogen, dem Flußlauf folgend, in nördlicher Richtung davon.

»Nun laßt uns gehen«, sagte Voronwe. »Sollte irgendein Ork in der Nähe sein, wird er mit dem Gesicht flach auf dem Boden liegen, bis die Adler weit genug entfernt sind.«

Schnell hasteten sie einen langgestreckten Hang hinunter und passierten die Furt trockenen Fußes über Geröllbänke oder durch das seichte Wasser watend. Das Wasser war sehr kalt und klar, und die seichten Stellen, wo die ziehende Flut sich zwischen Steinen verloren hatte, waren mit Eis bedeckt. Doch niemals, nicht einmal im Grausamen Winter, in dem Nargothrond fiel, konnte der tödliche Hauch des Nordens die Wasser des Sirion gänzlich zum Gefrieren bringen.[23]

Auf der anderen Seite der Furt kamen sie an eine tief eingeschnittene Rinne, die früher ein Flußbett gewesen sein mußte und in der jetzt kein Wasser mehr floß. Doch vor Zeiten, so schien es, hatte sich ein Sturzbach, aus dem Norden von den Echoriath kommend, ein tiefes Bett gegraben und von dort die Steine der Brithiach in den Sirion gespült.

»Endlich!« rief Voronwe. »Wir haben nicht vergeblich gehofft! Seht! Hier ist die Mündung des Trockenen Flusses: Dies ist die Straße, die wir einschlagen müssen.«[24] Sie stiegen in das Flußbett hinab, und als sich dieses nach Norden wandte, stieg der Untergrund steil an, und die Felswände auf beiden Seiten wurden höher. Im dünnen Licht stolperte Tuor zwischen den Steinen hindurch, mit denen das unebene Flußbett übersät war. »Wenn dies der Weg ist«, sagte er, »so ist er ziemlich mühsam für jemanden, der am Ende seiner Kräfte ist.«

»Und doch ist es der Weg, der zu Turgon führt«, sagte Voronwe.

»Dann wundert es mich um so mehr, daß sein Eingang offen und unbewacht daliegt«, sagte Tuor. »Ich hatte erwartet, ein großes, streng bewachtes Tor vorzufinden.«

»Das werdet Ihr noch sehen«, gab Voronwe zur Antwort. »Dies ist nur der Zugang. Ich habe ihn eine Straße genannt, doch mehr als dreihundert Jahre hat sie niemand betreten, ausgenommen wenige Boten mit geheimen Aufträgen. Die ganze Kunstfertigkeit der Noldor ist aufgewendet worden, um diesen Zugang zu tarnen, nachdem das Verborgene Volk ihn passiert hatte. Liegt diese Straße denn offen? Würdet Ihr sie bemerkt haben, wenn Ihr nicht einen Noldor zum Führer gehabt hättet? Oder wäre Euch der Gedanke gekommen, es könnte etwas anderes sein als das Werk von Regen und Wind und dem Wasser der Wildnis? Und waren da nicht die Adler, die Ihr gesehen habt? Sie gehören zur Gefolgschaft Thorondors, der einst auf dem Thangorodrim wohnte, bevor Morgoths Macht wuchs, und die nun seit dem Fall Fingolfins in Turgons Bergen hausen.[25] Sie allein und die Noldor selbst kennen das Verborgene Königreich und wachen über seinem Himmel, wenn es auch bis jetzt noch kein Knecht des Feindes gewagt hat, sich so hoch in die Lüfte zu erheben. Sie bringen dem König Nachricht von allem, was draußen im Lande vorgeht. Wären wir Orks gewesen, so zweifle nicht, daß sie uns gepackt und aus großer Höhe auf die erbarmungslosen Klippen hinabgeschleudert hätten.«

»Ich zweifle nicht daran«, sagte Tuor. »Doch ich frage mich auch, ob nicht die Nachricht von unserem Kommen schneller zu Turgon gelangen wird als wir selbst. Ob dies gut oder schlecht ist, mußt du am besten wissen.«

»Weder gut noch schlecht«, erwiderte Voronwe. »Das bewachte Tor können wir nicht unbemerkt passieren, ob man uns erwartet oder nicht. Und wenn wir dort angekommen sind, brauchen die Wachen keinen Beweis, daß wir keine Orks sind. Doch um hindurchzugelangen, brauchen wir eine bessere Begründung. Ihr könnt Euch die Gefahren nicht vorstellen, Tuor, denen wir uns dann gegenübersehen. Werft mir nicht vor, ich hätte Euch nicht vor dem gewarnt, was dann geschehen kann. Nur im Vertrauen darauf habe ich eingewilligt, Euch zu führen. Wenn dieses Vertrauen sich nicht bestätigt, werden wir mit größerer Gewißheit sterben als durch die Gefahren der Wildnis und des Winters.«

Doch Tuor erwiderte: »Prophezeie nichts mehr. Der Tod in der Wildnis ist sicher, und der Tod am Tor scheint mir zweifelhaft, trotz deiner Worte. Führe mich getrost weiter!«

Viele Meilen arbeiteten sie sich durch das Steingeröll des Trockenen Flusses, bis sie nicht mehr weiterkonnten und mit dem Abend Dunkelheit die tiefe Schlucht erfüllte. Sie kletterten am östlichen Ufer hinauf und hatten nun die zerstreuten Hügel erreicht, die den Bergen vorgelagert waren. Hinaufblickend sah Tuor, daß sie von gänzlich anderer Gestalt waren als alle Berge, die er bisher zu Gesicht bekommen hatte: Ihre Wände bestanden aus senkrechten, stufenförmig aufeinandergeschichteten Mauern, so daß sie wie vielstöckige, große Klippentürme aussahen. Der Tag hatte sich geneigt, das Land war grau und verhangen, und das Tal des Sirion war in Schatten gehüllt. Darauf führte Voronwe Tuor in eine kleine Höhle, in einem Abhang gelegen, von der man die einsamen Berghänge Dimbars überblickte. Sie krochen in die Höhle, lagen versteckt, aßen die letzten Bissen Nahrung, sie froren und waren müde, doch sie fanden keinen Schlaf. So gelangten sie im Abenddämmer des achtzehnten Tages des Hísime, am siebenunddreißigsten Tag ihrer Reise zu den Türmen der Echoriath, zur Festung Turgons, und durch die Macht Ulmos entgingen sie dem Verhängnis und der Heimtücke.

Als der erste Tagesschimmer grau durch die Nebel Dimbars sickerte, kehrten sie in den Trockenen Fluß zurück, der bald darauf nach Osten verlief, und sich zu den nackten Bergwänden emporwand. Unmittelbar vor ihnen ragte eine große Klippe auf, die unvermittelt senkrecht aus einem steilen Hang herauswuchs, der mit einem Dickicht von Dornenbäumen bedeckt war. Das Flußbett führte in dieses Dickicht hinein, und es war dort noch dunkel wie in der Nacht. Sie blieben stehen, denn die Dornen reichten seitlich tief in die Rinne hinab. Ihre verflochtenen Zweige bildeten ein dichtes Dach darüber, das so niedrig war, daß Tuor und Voronwe oft wie Tiere, die in ihr Versteck zurückkehren, unter ihm hindurchkriechen mußten.

Aber schließlich, als sie unter großen Mühen den Fuß der Klippe erreicht hatten, fanden sie eine Öffnung, gleichsam den Eingang zu einem Tunnel, den die aus dem Inneren der Berge fließenden Wasser in den harten Fels gegraben hatten. Sie traten ein, und drinnen war es völlig dunkel. Doch Voronwe schritt rüstig vorwärts, und Tuor folgte ihm, die Hand auf Voronwes Schulter und ein wenig gebückt, denn der Gang war niedrig. Eine Zeitlang gingen sie so, Schritt für Schritt und ohne etwas zu sehen, bis sie plötzlich spürten, daß der Boden unter ihren Füßen glatt wurde und frei von Geröll. Sie blieben stehen, atmeten tief und lauschten. Die Luft erschien ihnen frisch und erquickend, und sie merkten, daß sie sich in einem großen Gewölbe befanden. Doch alles war still, und nicht einmal das Geräusch eines fallenden Wassertropfens war zu hören. Tuor wollte es scheinen, als sei Voronwe besorgt und von Zweifeln geplagt, und er flüsterte ihm zu: »Wo ist das Bewachte Tor? Oder haben wir es schon passiert?«

»Nein«, antwortete Voronwe. »Aber ich wundere mich darüber, daß irgendein Ankömmling so weit vordringen kann, ohne bemerkt zu werden. Ich fürchte einen Angriff aus dem Dunkel.«

Aber ihre geflüsterten Worte weckten die schlafenden Echos, sie wurden verstärkt und vervielfacht, liefen am Gewölbedach und an den unsichtbaren Wänden entlang, zischelten und murmelten, ein Geräusch wie von vielen heimlichen Stimmen. Und just als die Echos von den Felsen verschluckt wurden, hörte Tuor aus dem Herzen der Finsternis eine Stimme, die in der Elbensprache redete: zuerst in der Hochsprache der Noldor, die er nicht kannte, und dann in der Sprache Beleriands; doch sie wurde in einer für ihn merkwürdigen Weise gesprochen, als sei der Sprecher seit langer Zeit von seiner Heimat entfernt.[26]

»Stehenbleiben! Rührt euch nicht vom Fleck, oder ihr werdet sterben, ob ihr Freunde oder Feinde seid.«

»Wir sind Freunde«, sagte Voronwe.

»Dann tut, was wir gebieten«, sagte die Stimme.

Das Echo ihrer Stimmen verklang. Tuor und Voronwe verharrten stumm, und Tuor kam es vor, als schlichen viele Minuten langsam dahin; er empfand eine Furcht, wie er sie während ihres ganzen Weges bei keiner Gefahr erlebt hatte. Dann hörten sie Schritte, die zu festen, hallenden Tritten wurden, als marschierten Trolle durch die weite Höhle.

Plötzlich leuchtete eine Elbenlampe auf; ihr heller Lichtstrahl richtete sich auf den vor ihm stehenden Voronwe, doch sonst konnte Tuor nicht mehr erkennen als einen blendenden Stern in der Dunkelheit. Er wußte, daß er sich nicht bewegen konnte, weder vorwärts noch nach rückwärts fliehend, solange der Strahl auf ihn gerichtet war.

Einen Augenblick verharrten sie so im Brennpunkt des Lichts, dann war wieder die Stimme zu hören: »Zeigt eure Gesichter!« Voronwe schlug seinen Umhang zurück, und sein Gesicht tauchte ins Licht, hart und klar, wie aus Stein gemeißelt, und Tuor staunte über die Schönheit seiner Züge. Darauf sagte Voronwe mit stolzer Stimme: »Weißt du nicht, wen du vor dir siehst? Ich bin Voronwe, Sohn Aranwes aus dem Haus Fingolfins. Oder hat man mich nach wenigen Jahren in meinem eigenen Land vergessen? Mein Weg hat mich weit über die Grenzen von Mittelerde hinaus geführt, doch ich erkenne deine Stimme, Elemmakil.«

»Dann wird sich Voronwe auch der Gesetze dieses Landes erinnern«, sagte die Stimme. »Da ihm befohlen wurde, fortzugehen, hat er das Recht zurückzukehren, doch nicht die Befugnis, einen Fremden herzuführen. Dadurch hat er sein Recht verwirkt und muß sich als Gefangener dem Urteilsspruch des Königs unterwerfen. Was den Fremden betrifft, wird er getötet oder, wenn der Wachhabende es so bestimmt, gefangengenommen werden. Führe ihn hierher, damit ich entscheiden kann.«

Darauf führte Voronwe Tuor ans Licht, und als sie sich

vorwärts bewegten, traten zahlreiche gerüstete und bewaffnete Noldor aus der Dunkelheit hervor und umringten sie mit gezogenen Schwertern. Elemmakil, Hauptmann der Wache, der die helle Lampe trug, sah sie lange und prüfend an.

»Du befremdest mich, Voronwe«, sagte er. »Wir waren lange befreundet. Warum also hast du mir die grausame Entscheidung zwischen dem Gesetz und unserer Freundschaft zugemutet? Es wäre schon schlimm genug, wenn du ohne Erlaubnis einen Angehörigen der anderen Häuser der Noldor hergeführt hättest. Doch du hast das Geheimnis des Weges einem sterblichen Menschen enthüllt – denn seine Augen verraten mir seine Herkunft. Dadurch kennt er das Geheimnis, und er kann nie mehr frei sein; und als Angehöriger einer andersartigen Sippe, der es gewagt hat, einzudringen, sollte ich ihn töten, wenn er auch dein Freund und dir teuer ist.«

»Draußen, in der weiten Welt«, erwiderte Voronwe, »stoßen einem merkwürdige Dinge zu, und unerwartete Aufgaben werden einem auferlegt. Der Wanderer, der zurückkehrt, ist ein anderer als der, welcher ausgezogen ist. Was ich getan habe, tat ich aufgrund eines Befehls, der schwerer wiegt als das Gesetz der Wache. Der König allein soll über mich urteilen und über diesen Mann, der mit mir gekommen ist.«

Darauf legte Tuor seine Furcht ab und sprach: »Ich bin mit Voronwe, dem Sohn Aranwes, hergekommen, weil der

Herr der Wasser ihn dazu bestimmt hat, mein Führer zu sein. Nur deshalb wurde er vor dem Zorn des Meeres und dem Verhängnis der Valar bewahrt. Ich trage mit mir eine Botschaft Ulmos für den Sohn Fingolfins, und ihm will ich sie enthüllen.«

Als er dies hörte, blickte Elemmakil Tuor verwundert an. »Wer also bist du?« fragte er. »Und woher kommst du?«

»Ich bin Tuor, Sohn Huors, aus dem Haus Hador und dem Geschlecht Húrins. Man sagte mir, diese Namen seien im Verborgenen Königreich nicht unbekannt. Unter vielen Gefahren bin ich aus Nevrast hierhergekommen.«

»Aus Nevrast?« fragte Elemmakil. »Man sagt, dort lebe niemand mehr, seit unser Volk es verlassen hat.«

»Das ist wahr«, entgegnete Tuor. »Leer und kalt stehen die Höfe Vinyamars. Doch von dort komme ich. Bringe mich nun zu dem, der jene Hallen einst erbaut hat.«

»In solch wichtigen Angelegenheiten steht mir kein Urteil zu«, sagte Elemmakil. »Deshalb werde ich euch ans Licht führen, wo sich mehr enthüllen mag. Ich werde euch dem Hüter des Großen Tores übergeben.«

Auf seinen Befehl wurden Tuor und Voronwe von großgewachsenen Wachen in die Mitte genommen, zwei vor und drei hinter ihnen, und der Hauptmann führte sie aus der Höhle der Äußeren Wache. Wie es schien, betraten sie einen gerade verlaufenden Durchgang, schritten lange über ebenen Untergrund, bis ein mattes Licht vor ihnen aufschien. Schließlich gelangten sie zu einem weitgespannten Bogen mit großen Säulen auf jeder Seite, die in den Fels gehauen waren. Dazwischen hing ein großes Fallgatter aus gekreuzten Holzstäben, die wunderbar geschnitzt und mit Eisennägeln beschlagen waren.

Elemmakil berührte es, es glitt lautlos in die Höhe, und sie gingen hindurch; Tuor sah, daß sie sich am Ende einer Schlucht befanden. Obwohl er lange in den wilden Bergen des Nordens umhergewandert war, hatte er niemals zuvor etwas gesehen oder sich ausmalen können, was dieser Schlucht gleichkam: Die Cirith Ninniach war neben der Orfalch Echor nicht mehr als ein Spalt im Felsen. Hier waren die Valar selbst am Werk gewesen: Während längst vergangener Kriegszeiten am Anfang der Welt hatten sie die großen Berge auseinandergezwungen; die Seitenwände der Schlucht waren so glatt wie mit der Axt behauen, und sie ragten in unvorstellbare Höhen empor. Hoch oben erkannte man einen schmalen Himmelsstreifen, und gegen seine tiefe Bläue standen schwarze Bergspitzen und zerklüftete Gipfel, entrückt, doch hart und grausam wie Speere. Die mächtigen Felswände waren zu hoch, als daß ein Strahl der winterlichen Sonne auf den Grund hätte herunterdringen können, und obwohl der Morgen fortgeschritten war, schimmerten Sterne schwach über den Bergspitzen, während tief unten alles im Dämmer lag, das vom matten Schein der Lampen, die längs des ansteigenden Pfades angebracht waren, kaum erhellt wurde. Der Boden der Schlucht stieg steil an, sie verlief nach Osten, und zu seiner Linken sah

Tuor neben dem Flußbett einen breiten Weg, geglättet und mit Steinen gepflastert, der sich emporwand, bis er im Schatten verschwand.

»Ihr habt das Erste Tor passiert«, sagte Elemmakil. »Es war das Tor aus Holz. Dort ist der Weg. Wir müssen uns beeilen.«

Wie lange sie diesem tiefen Weg folgten, konnte Tuor nicht sagen, und als er nach vorn blickte, überkam ihn eine große Müdigkeit wie eine Wolke. Ein scharfer Wind pfiff die Felsen entlang, und er zog den Mantel dichter um seinen Leib. »Aus dem Verborgenen Königreich bläst ein kalter Wind!« sagte er.

»Ja, in der Tat«, erwiderte Voronwe. »Einem Fremden mag es vorkommen, als habe der Stolz die Diener Turgons erbarmungslos gemacht. Dem Hungrigen und Erschöpften erscheint die Strecke zwischen den Sieben Toren unendlich lang.«

»Wären unsere Gesetze weniger streng, wären Arglist und Haß längst eingedrungen und hätten uns zugrundegerichtet. Das weißt du wohl«, sagte Elemmakil, »aber wir sind nicht ohne Mitleid. Hier gibt es freilich keine Nahrung, und kein Fremder darf zu einem Tor zurückkehren, das er bereits einmal passiert hat. Haltet also noch ein wenig aus, und am Zweiten Tor sollt ihr erquickt werden.«

»Es ist gut«, sagte Tuor und schritt vorwärts wie befohlen. Nach einer kleinen Weile wandte er sich um und sah, daß Elemmakil allein mit Voronwe folgte. »Wachen sind jetzt überflüssig«, sagte Elemmakil die Frage erratend. »Aus der Orfalch gibt es kein Entkommen und keine Rückkehr, weder für Elben noch für Menschen.«

Also stiegen sie weiter den steilen Weg hinauf, manchmal über lange Treppen, dann wieder über gewundene Schrägen unter dem bedrohlichen Schatten der Klippe. Als sie ungefähr eine halbe Meile vom Hölzernen Tor entfernt waren, sah Tuor, daß der Weg durch eine große Mauer versperrt war, die quer durch die Schlucht verlief, flankiert von zwei gedrungenen steinernen Türmen. In der Mauer tat sich über dem Weg ein großer Torbogen auf, doch es schien, daß Steinmetze ihn mit einem einzigen gewaltigen Steinblock gesperrt hatten. Als sie näherkamen, erglänzte seine dunkle, polierte Oberfläche im Licht der weißen Lampe, die in der Mitte des Torbogens hing.

»Dieses ist das Zweite Tor«, sagte Elemmakil, »das Tor aus Stein.« Er ging darauf zu und schlug leicht dagegen. Es drehte sich um eine unsichtbare Angel, bis seine Schmalseite ihnen zugekehrt und der Weg nach beiden Seiten frei war. Sie schritten hindurch und gelangten in einen Hof, in dem zahlreiche graugekleidete und bewaffnete Wachen standen. Man sprach kein Wort, doch Elemmakil führte seine Schützlinge in eine Kammer unter dem Nordturm, wo man ihnen Speisen und Wein brachte und ihnen erlaubte, eine Weile auszuruhen.

»Die Kost mag Euch karg erscheinen«, sagte Elemmakil

zu Tuor, »aber wenn sich bewahrheitet, was Ihr behauptet, werdet Ihr reichlich entschädigt werden.«

»Es ist ausreichend«, antwortete Tuor. »Kleinmütig wäre ein Herz, das nach mehr verlangte.« In der Tat erfrischten ihn die Speisen und der Trank der Noldor so sehr, daß er sich bald kräftig genug fühlte, um weiterzugehen.

Nach einer kleinen Weile kamen sie an eine Mauer, die noch höher und stärker war als die vorherigen, und darin befand sich das Dritte Tor, das Tor aus Bronze. Es war eine große, zweiflügelige Tür, behangen mit Schilden und Bronzetafeln, die mit vielen Figuren und seltsamen Zeichen geschmückt waren. Auf der Mauer standen oberhalb der Brüstung drei rechteckige Türme. Sie waren mit Kupfer überdacht und verkleidet, das durch einen Kunstgriff der Schmiede immer glänzend blieb und im Schein der roten Lampen, die wie Fackeln längs der Mauer aufgereiht waren, wie Feuer aufleuchtete. Erneut passierten sie schweigend das Tor und erblickten im dahinterliegenden Hof eine noch größere Anzahl von Wachen, deren Harnische wie düsteres Feuer aufglühten. Die Blätter ihrer Äxte waren rot. Der größte Teil der Männer, die dieses Tor bewachten, gehörte der Sippe der Sindar aus Nevrast an.

Jetzt kam die beschwerlichste Wegstrecke, denn in der Mitte der Orfalch war die Steigung am größten, und als sie aufstiegen, sah Tuor die gewaltigsten der Mauern sich hoch über ihm im Dunkel verlieren. So kamen sie schließlich an das Vierte Tor, das Tor aus Schmiedeeisen. Die Mauer stand hoch und schwarz und von keiner Lampe erhellt. Über ihr erhoben sich vier eiserne Türme, und zwischen den beiden inneren war eine aus Eisen geschmiedete große Adlerfigur angebracht, ein Bildnis des Königs Thorondor selbst, als habe er sich aus den höchsten Lüften auf einem Berg niedergelassen. Doch als Tuor vor dem Tor stand, erstaunte er, weil er durch die Stämme und Äste unvergänglicher Bäume in den fahlen Glanz des Mondes zu blicken schien, denn es kam ein Licht durch das Filigran des Tores, dem Schmiedekunst die Form von Bäumen mit verschlungenen Wurzeln und verflochtenen Zweigen gegeben hatte, die mit Blättern und Blüten übersät waren. Als er das Tor durchschritt, begriff er, daß es nicht nur ein Türgitter gab, sondern, da die Mauer sehr dick war, deren drei. Diese waren so hintereinander angeordnet, daß sich demjenigen, der sich ihnen in der Mitte der Straße näherte, jedes als ein Teil des kunstreichen Entwurfs darstellte.

Das Licht jedoch hinter dem Tor war das Licht des Tages, denn sie waren inzwischen so weit emporgestiegen, daß sie sich hoch über den Niederungen befanden, von denen sie aufgebrochen waren. Hinter dem Eisernen Tor verlief die Straße beinahe waagrecht; überdies hatten sie das Herzstück und den Scheitelpunkt der Echoriath überschritten, und die Bergtürme fielen nun rasch zu den inneren Hügeln ab, die Schlucht wurde breiter und ihre Seitenwände flacher. Die breiten Felsvorsprünge waren mit Schnee bedeckt, und das Licht des Himmels, vom Schnee widergespiegelt, fiel weiß wie Mondlicht durch einen schimmernden Dunst, der die Luft erfüllte.

Sie schritten jetzt durch die Reihen der Eisernen Wachen, die hinter dem Tor standen. Ihre Mäntel, Panzer und Schilde waren schwarz und ihre Gesichter hinter Visieren verborgen, die Adlerschnäbel trugen. Dann setzte sich Elemmakil an die Spitze, sie folgten ihm in das bleiche Licht, und Tuor entdeckte neben dem Weg einen Streifen Gras, in dem sternengleich die weiße Blume *uilos* aufblühte, das Immertreu, das keine Jahreszeiten kennt und nie verwelkt.[27] Und so, erfüllt von Staunen und Erleichterung, wurde Tuor zum Silbernen Tor geführt.

Die Mauer des Fünften Tores war aus weißem Marmor, sie war breit und niedrig, und ihre Brustwehr war ein silbernes Gatter zwischen fünf großen Marmorkugeln, und viele weißgekleidete Bogenschützen hielten dort Wache. Das Tor, dem Mond nachgebildet, hatte die Form eines dreigeteilten Kreises, war aus Silber geschmiedet und mit Perlen aus Nevrast verziert. Oberhalb des Tores stand auf der mittelsten Kugel ein Bildnis des Weißen Baumes Telperion aus Silber und Malachit, und mit Blüten aus den weißen Perlen Balars geschmückt.[28] Hinter dem Tor, in einem weiträumigen, mit weißem und grünem Marmor ausgelegten Hof, standen auf jeder Seite hundert Bogenschützen, die silberne Panzer und Helme mit weißen Kämmen trugen. Elemmakil führte Tuor und Voronwe durch ihre stummen

Reihen, und sie betraten eine lange weiße Straße, die geradewegs auf das Sechste Tor zuführte. Während sie dahinschritten, wurde der Grasstreifen breiter, und neben den weißen Sternen des Immertreu schlugen viele kleine Blumen ihre goldenen Augen auf.

So gelangten sie an das Goldene Tor, das letzte der alten Tore Turgons, die vor der Nirnaeth erbaut worden waren. Es war dem Silbernen Tor sehr ähnlich, doch bestand seine Mauer aus gelbem Marmor, und die Kugeln und die Brustwehr waren aus rotem Gold. Die Mauer trug sechs Kugeln, und in der Mitte stand auf einer goldenen Pyramide ein Bild des Laurelin, dem Baume der Sonne, mit Blüten aus Topasen, die in langen Trauben an goldenen Ketten hingen. Das Tor selbst war mit sonnenähnlichen, vielstrahligen goldenen Scheiben geschmückt, eingefügt in ein Filigran aus Granaten, Topasen und gelben Diamanten. Im Hof waren dreihundert Bogenschützen mit langen Bögen aufgestellt. Ihre Panzer waren vergoldet, von ihren Helmen wehten große goldene Federn, und ihre großen runden Schilde waren flammend rot.

Von jetzt an lag die Straße im Sonnenlicht, denn die Hügel zu beiden Seiten waren niedrig und begrünt, und nur auf ihren Kuppen lag Schnee. Elemmakil hastete vorwärts, denn die Entfernung zum Siebten Tor war gering. Es wurde das Große Tor genannt, das Tor aus Stahl, das Maeglin nach der Rückkehr aus der Nirnaeth geschmiedet hatte und das den breiten Eingang zur Orfalch Echor sperrte.

Hier gab es keine Mauer, doch auf beiden Seiten standen zwei sehr hohe, runde, vielfenstrige Türme, deren sieben Stockwerke sich nach oben verjüngten und in einem Türmchen aus hellem Stahl ausliefen. Zwischen den Türmen spannte sich ein mächtiger stählerner Zaun, der nicht rostete, sondern in weißer Kälte glitzerte. Dort standen sieben große, stählerne Säulen von der Größe und dem Umfang starker, junger Bäume, jedoch auslaufend in einen dünnen Stift, der sich bis zur Schärfe einer Nadel zuspitzte. Zwischen den Säulen waren sieben stählerne Querstangen, und jeder Zwischenraum wies siebenundsiebzig aufrecht stehende Stahlstäbe auf, die am oberen Ende wie die Blätter von Speeren geformt waren. Aber in der Mitte, über der innersten und größten Säule, prangte eine gewaltige Nachbildung von Turgons Königshelm, der diamantenbesetzten Krone des Verborgenen Königreichs.

In diesem mächtigen stählernen Gehege konnte Tuor weder ein Tor noch eine Tür entdecken, als er aber näherkam, wollte es ihm scheinen, als sähe er zwischen den Stäben ein blendendes Licht. Er beschattete die Augen und blieb vor Ehrfurcht und Erstaunen stehen. Doch Elemmakil ging weiter; unter seiner Berührung öffnete sich kein Tor, als er aber gegen die Stäbe schlug, begann der Zaun wie eine vielseitige Harfe zu erklingen, erhob sich eine reine, vieltönige Harmonie, die von Turm zu Turm lief.

Sogleich setzten sich von den Türmen aus Reiter in Bewegung, doch vor ihnen langte vom Nordturm ein einzelner Reiter auf einem weißen Pferd an. Er stieg ab und schritt auf sie zu. War schon Elemmakil erhaben und vornehm gewesen, so zeigte sich Ecthelion noch beeindrukkender und herrscherlicher, er, der Herr der Brunnen und zu dieser Zeit der Oberste Hüter des Großen Tores.[29] Er war ganz in Silber gekleidet, und seinen schimmernden Helm zierte eine mit einem Diamanten gekrönte Spitze. Als sein Knappe ihm den Schild abnahm, funkelte dessen Oberfläche, als sei sie mit Regentropfen betaut, doch in Wahrheit waren es Tausende von Kristallsplittern.

Elemmakil grüßte ihn und sagte: »Hier bringe ich Voronwe Aranwion, der von Balar zurückkehrt. Und hier ist ein Fremder, den er hierher geleitet hat und der den König zu sehen wünscht.«

Darauf wandte sich Ecthelion Tuor zu, dieser aber schlug den Umhang um sich, stand schweigend da und blickte Ecthelion an. Voronwe kam es vor, als sei Tuor in einen Schleier gehüllt; seine Gestalt schien zu wachsen, so daß die Spitze seiner hohen Kapuze den Helm des Elbenfürsten überragte, als sei sie der Kamm einer grauen Meereswoge, die an Land rollt. Doch Ecthelion richtete seinen durchdringenden Blick auf Tuor, und nach einem Schweigen sprach er ernst:[30] »Du stehst vor dem Letzten Tor. Wisse denn, daß kein Fremder, der es durchschritten hat, es jemals wieder verlassen wird, es sei denn durch die Tür des Todes.«

»Sprich nicht von Unheil! Wenn der Bote des Herrn der Wasser durch die Tür des Todes geht, werden ihm alle folgen, die hier wohnen. Herr der Brunnen, halte den Boten des Herrn der Wasser nicht auf!«

Voronwe und alle, die in der Nähe standen, blickten Tuor verwundert an und erstaunten über seine Stimme und seine Worte. Voronwe meinte eine gewaltige Stimme zu hören, als riefe jemand aus weiter Ferne. Tuor schien es aber, als höre er sich selbst beim Sprechen zu, und ein anderer bediene sich seines Mundes.

Eine Weile verharrte Ecthelion schweigend, den Blick auf Tuor gerichtet, und allmählich überzog Wehmut sein Gesicht, als erblickte er im grauen Schatten von Tuors Mantel Bilder aus entlegenen Fernen. Dann verbeugte er sich, ging zum Zaun und legte seine Hände darauf. In der gekrönten Säule öffneten sich die beiden Flügel eines Tores nach innen. Darauf schritt Tuor hindurch, und als er eine hochgelegene Rasenfläche betrat, die Ausblick auf das sich hinbreitende Tal bot, tat sich das Zauberbild des schneeumgebenen Gondolin vor ihm auf. Und lange war er so entrückt, daß er den Blick nicht abwenden konnte, denn vor ihm lag, in Wunschträumen geahnt, die Erfüllung seiner Sehnsucht.

So stand er und sagte kein Wort. Zu beiden Seiten standen schweigend die Heere der Streitmacht Gondolins. Die Wachtruppen aller sieben Tore waren vertreten, die Hauptleute und Truppführer auf weißen und grauen Pferden. Eben als sich alle Blicke staunend auf Tuor richteten, fiel dessen Mantel zu Boden, und er stand mächtig vor ihnen, gewappnet wie er Vinyamar verlassen hatte. Und viele waren unter ihnen, die gesehen hatten, wie Turgon selbst diese Stücke an der Wand hinter dem Thron befestigt hatte.

Darauf sagte Ecthelion schließlich: »Nun ist keine weitere Prüfung vonnöten. Selbst der Name, den er als Sohn Huors beansprucht, ist weniger von Bedeutung als der klare Augenschein, der beweist, daß er von Ulmo selbst gesandt ist.«[31]

Anmerkungen

1 Im ›Silmarillion‹ (Seite 219) wird berichtet, daß nach der Zerstörung der Anfurten von Brithombar im Jahr nach der Nirnaeth Arnoediad, diejenigen Elben der Falas, die entkamen, mit Círdan zur Insel Balar fuhren und dort eine Zuflucht schufen »für alle, die sich dorthin retten konnten; sie unterhielten nämlich auch an den Mündungen des Sirion einen Posten, und viele leichte und schnelle Schiffe lagen in den Buchten und Wasserläufen versteckt, wo die Riedfelder dicht wie ein Wald waren«.

2 Die blauleuchtenden Lampen der Noldor-Elben sind an anderer Stelle erwähnt, obwohl sie im veröffentlichten Text des ›Silmarillion‹ nicht genannt werden. In früheren Fassungen der Geschichte von Túrin besitzt der Elbe Gwindor aus Nargothrond, der aus Angband entkam und von Beleg im Wald von Taur-nu-Fuin gefunden wurde, eine dieser Lampen (auf dem Gemälde meines Vaters, das dieses Treffen darstellt, ist sie zu sehen: vgl. Pictures by J. R. R. Tolkien, 1979, Nr. 37; vgl. auch: J. R. R. Tolkien, Bilder aus Mittelerde, dtv postkartenbuch, Bild 19). Es war Gwindors Lampe, die umkippte, deren Umhüllung sich löste, und in deren Schein Túrin das Gesicht Belegs erkennen konnte, den er getötet hatte. In einer Anmerkung zur Geschichte Gwindors werden sie »feanorische Lampen« genannt, deren Geheimnis die Noldor selbst nicht kannten. Sie werden beschrieben als »Kristalle, die in einem feinen Netz aus Ketten hingen und aus ihrem Innern ständig einen blauen Glanz verbreiteten«.

3 »Die Sonne soll über deinem Pfad scheinen« – In der sehr viel kürzeren Fassung der Geschichte im ›Silmarillion‹ gibt es keinen Hinweis darauf, wie Tuor die Pforte der Noldor fand, und auch die El-

ben Gelmir und Arminas werden nicht erwähnt. Gleichwohl erscheinen sie in der Geschichte von Túrin (›Das Silmarillion‹, Seite 236) als jene Boten, die Ulmos Warnung nach Nargothrond brachten. Es wird von ihnen gesagt, daß sie aus dem Volk von Finarfins Sohn Angrod stammen, das nach der Dagor Bragollach mit Círdan dem Schiffbauer im Süden lebte. In einer längeren Version der Geschichte ihrer Ankunft in Nargothrond zieht Arminas einen wenig schmeichelhaften Vergleich zwischen Túrin und seinen Verwandten und spricht davon, Tuor in den »Öden Dor-lómins« getroffen zu haben.

4 Im ›Silmarillion‹ (Seite 93) wird erzählt, daß während Morgoth und Ungolianth in dieser Gegend um den Besitz des Silmarils stritten, Morgoth einen Schrei ausstieß, »der in den Bergen widerhallte. Jene Gegend wurde daher Lammoth geheißen, denn das Echo seiner Stimme hauste für immer dort, so daß jeder, der in diesem Land laut schrie, es weckte und die ganze Öde zwischen den Bergen und der See mit einem Lärm wie von gepeinigten Stimmen erfüllte«. Hier wird die Auffassung deutlich, daß jeder Laut, der dort ausgestoßen wurde, sich aus sich selbst vergrößerte. Dies wird auch zu Beginn des XIII. Kapitels des ›Silmarillion‹ (Seite 120) in einer Passage deutlich (die der vorliegenden sehr ähnlich ist): »Und als die Noldor den Strand betraten, da drangen ihre Rufe zwischen die Hügel hinauf und wurden vervielfacht, so daß ein Geschrei wie von unzähligen kraftvollen Stimmen alle Küsten des Nordens erfüllte . . .« Es scheint unter Bezug auf die eine »Überlieferung«, daß Lammoth und Ered Lómin (Echoberge) ihre Namen wegen ihrer Eigenschaft erhielten, die grauenhaften Schreie Morgoths im Kampf gegen Ungolianth aufzubewahren. Der anderen »Überlieferung« folgend beschreiben die Namen lediglich die besondere Natur der Geräusche in dieser Gegend.

5 Vgl. ›Das Silmarillion‹, Seite 240: »Und Túrin eilte die Wege nach Norden entlang, durch die nun verwüsteten Lande zwischen Narog und Teiglin; und der Grausame Winter kam ihm entgegen, denn in jenem Jahr fiel der Schnee, ehe der Herbst noch vorüber war, und der Frühling kam verspätet und kalt.«

6 Im ›Silmarillion‹ (Seite 142) spricht Ulmo, als er Turgon bei Vinyamar erscheint und ihn auffordert, nach Gondolin zu gehen, folgende Worte: »So mag es geschehen ..., daß der Fluch der Noldor vor dem Ende auch dich ereilt und Verrat in deinen Mauern erwacht. Dann werden sie in Feuersgefahr sein. Doch wenn diese Gefahr dir naherückt, dann wird von hier, aus Nevrast, einer kommen, dich zu warnen, und Hoffnung für Elben und Menschen wird er aus Brand und Trümmern retten. Laß daher Waffen und ein Schwert in diesem Hause, daß er sie in künftigen Jahren finden möge, und daran sollst du ihn erkennen und nicht betrogen sein.« Und Ulmo erklärte Turgon, von welcher Art und Größe Helm und Panzer und Schwert sein sollten, die er zurücklassen sollte.

7 Tuor war der Vater Earendils, und dieser war der Vater von Elros Tar-Minyatur, dem ersten König von Númenor.

8 Dies muß sich auf Ulmos Warnung beziehen, die von Gelmir und Arminas nach Nargothrond gebracht wurde.

9 Die Schattigen Inseln sind sehr wahrscheinlich die Verzauberten Inseln, die am Schluß des XI. Kapitels des ›Silmarillion‹ (Seite 116) erwähnt werden und die zur Zeit der Verhüllung Valinors »wie ein Netz von Norden nach Süden im Schattigen Meer« lagen.

10 Vgl. ›Das Silmarillion‹, Seite 219: »Auf Turgons Wunsch baute Círdan sieben schnelle Schiffe, und sie fuhren hinaus in den Westen; doch keine Nachricht von ihnen kam je wieder nach Balar, nur von einem, dem letzten. Die Seeleute auf diesem Schiff kämpften lange mit der See, und als sie zuletzt verzweifelt umkehrten, gingen sie in einem großen Sturm in Sichtweite der Küsten von Mittelerde unter; und einen von ihnen rettete Ulmo vor dem Zorn Osses, und die Wellen trugen ihn und warfen ihn in Nevrast an den Strand. Sein Name war Voronwe, und er war einer der Boten, die Turgon aus Gondolin entsandt hatte.«

11 Die Worte, die Ulmo an Turgon richtete, erscheinen im XV. Kapitel des ›Silmarillion‹ in folgender Form: » ... und dessen sei eingedenk, daß die wahre Hoffnung der Noldor im Westen liegt und vom Meere kommt.« Und: »Doch wenn diese Gefahr dir naherückt, dann

wird von hier, von Nevrast, einer kommen, dich zu warnen ...« (Seite 142).

12 Im ›Silmarillion‹ wird über das weitere Schicksal Voronwes, nachdem er mit Tuor nach Gondolin zurückgekehrt war, nichts berichtet. Doch in der ursprünglichen Geschichte (›Von Tuor und dem Auszug aus Gondolin‹) gehört er zu denen, die aus der geplünderten Stadt entkommen, wie es Tuors Worte hier andeuten.

13 Vgl. ›Das Silmarillion‹, Seite 178 f.: [Turgon glaubte], »daß mit dem Ende der Belagerung der Sturz der Noldor beginne, wenn keine Hilfe käme; und insgeheim schickte er Gesandtschaften der Gondolindrim zu den Mündungen des Sirion und auf die Insel Balar. Dort bauten sie Schiffe und setzten Segel und fuhren in Turgons Auftrag in den äußersten Westen, Valinor suchend, um Vergebung und Hilfe von den Valar zu erbitten; und sie flehten die Vögel des Meeres an, ihnen den Weg zu zeigen. Doch die Meere waren weit und wild, und Schatten und Zauberwerk lagen auf ihnen, und Valinor blieb verborgen. So gelangte keiner von Turgons Boten in den Westen, viele gingen verloren, und wenige kehrten wieder ...«

14 Die Wälder von Núath werden im ›Silmarillion‹ nicht erwähnt. Sie erstreckten sich westlich vom Oberlauf des Narog bis zur Quelle des Nenning.

15 Vgl. ›Das Silmarillion‹, Seite 234: »... doch erkannte ihn [Gwindor] Finduilas, König Orodreths Tochter, und sie begrüßte ihn, denn vor der Nirnaeth hatte sie ihn geliebt; und so sehr liebte Gwindor ihre Schönheit, daß er sie Faelivrin nannte, was das Glitzern der Sonne auf den Weihern von Ivrin bedeutet.«

16 Der Fluß Glithui wird im ›Silmarillion‹ nicht erwähnt und ist auf der ursprünglichen Karte zwar verzeichnet, aber nicht mit einem Namen versehen: ein Nebenfluß des Teiglin, der ein wenig nördlich vom Malduin in den Teiglin fließt.

17 Diese Straße wird im ›Silmarillion‹ erwähnt (vgl. Seite 229): »Die alte Straße ... die durch den langen Engpaß des Sirion führte, an der Insel vorbei, wo Finrods Minas Tirith gestanden hatte, und

weiter durch das Land zwischen Malduin und Sirion, am Rand von Brethil entlang zu den Teiglin-Stegen.«

18 »Tod den *Glamhoth*!« Dieser Name, obgleich weder im ›Silmarillion‹ noch im ›Herrn der Ringe‹ erwähnt, war in der Sindar-Sprache eine allgemeine Bezeichnung für Orks. Ihre Bedeutung ist »lärmende Herde«, »Heer des Tumults«.

19 *Echoriath:* Die Umzingelnden Berge um die Ebene von Gondolin; *ered e·mbar* nín: die Berge meiner Heimat.

20 Im ›Silmarillion‹ (Seite 224) sagt Beleg aus Doriath zu Túrin (einige Jahre vor der Zeit, in der vorliegende Geschichte spielt), die Orks hätten eine Straße angelegt über den Paß von Anach nach »Dimbar, einst ein friedliches Land«, das »unter die Schwarze Hand« fiele.

21 Über diese Straße fliehen Maeglin und Aredhel nach Gondolin, verfolgt von Eol (›Das Silmarillion‹, Kapitel XVI). Später benutzen sie Celegorm und Curufin, als sie aus Nargothrond vertrieben werden (ebd., Seite 196). Nur der vorliegende Text enthält einen Hinweis auf ihre weitere Ausdehnung nach Westen bis zu Turgons altem Wohnsitz Vinyamar am Berg Taras. Ihr weiterer Verlauf vom Punkt ihrer Verbindung mit der alten südlichen Straße nach Nargothrond am nordwestlichen Rand Brethils ist in der Karte nicht eingezeichnet.

22 Der Name »Brithiach« enthält das Element *brith* »Kies«, ebenso der Fluß Brithon und die Anfurt von Brithombar.

23 In einer Parallel-Fassung dieser Textstelle, der mit ziemlicher Sicherheit die hier abgedruckte vorgezogen worden wäre, passieren die Wanderer den Sirion nicht durch die Furt von Brithiach, sondern stoßen mehrere Meilen nördlich davon an den Fluß: »Sie gingen auf einem mühseligen Pfad, der zum Flußufer führte, und plötzlich rief Voronwe: ›Welches Wunder! Es kann Gutes oder Böses bedeuten. Der Sirion ist zugefroren; seit die Eldar aus dem Osten gekommen sind, hat man dergleichen nicht erzählen hören. Also können wir hinübergehen und ersparen uns viele anstrengende Meilen, für die unsere Kraft nicht ausreicht. Aber auf diese Weise können auch andere hinübergelangt sein oder werden uns fol-

gen.‹« Sie überqueren unbehindert den Fluß auf dem Eis und »so hatte die vorausschauende Klugheit Ulmos die bösen Pläne des Feindes zu seinem Vorteil gewendet, denn der Weg war dadurch verkürzt. Am Ende ihres Mutes und ihrer Kräfte gelangten Tuor und Voronwe schließlich zum Ausgang des Trockenen Flusses am Rand der Berge«.

24 Vgl. ›Das Silmarillion‹, Seite 141: »Tief unter den Bergen hindurch führte ein Weg, den die Wasser, die dem Sirion zuströmten, im Dunkel der Welt gebahnt hatten; und diesen Weg fand Turgon und kam so auf die grüne Ebene zwischen den Bergen, und er sah den Hügel, der dort stand wie eine Insel aus hartem, glattem Stein; das Tal war nämlich in alten Zeiten ein See gewesen.«

25 Im ›Silmarillion‹ wird nicht gesagt, daß die großen Adler immer auf den Thangorodrim hausten. Im XIII. Kapitel (Seite 125) hat Manwe »das Volk der Adler ausgesandt, mit dem Auftrag, in den Felsen des Nordens zu nisten und auf Morgoth Obacht zu geben«. Im XVIII. Kapitel kommt Thorondor »aus seinem Horst in den Gipfeln der Crissaegrim herbeigeeilt« (Seite 173), um Fingolfins Leichnam vor den Toren Angbands in Sicherheit zu bringen. Vgl. auch ›Die Rückkehr des Königs‹ (6. Kapitel 4): [Der Alte Thorondor] »der seine Horste auf den unzugänglichen Gipfel des Umgebenden Gebirges gebaut hatte, als Mittelerde jung war.« Alles deutet darauf hin, daß die Konzeption, nach der Thorondor zuerst auf den Thangorodrim nistete, und die sich auch in einem frühen ›Silmarillion‹-Text findet, später fallengelassen wurde.

26 Im ›Silmarillion‹ wird nichts Spezifisches über die Sprache der Elben in Gondolin ausgesagt, doch legt diese Passage die Vermutung nahe, daß einige von ihnen gewöhnlich die Hochsprache (Quenya) gebrauchten. In einem späten linguistischen Aufsatz wird erklärt, daß in Turgons Haus gewöhnlich Quenya gesprochen wurde, und daß es die Sprache war, mit der Earendil aufwuchs. Aber: »Für die meisten Leute in Gondolin war sie eine Sprache der Bücher geworden, und wie bei den übrigen Noldor war Sindarin ihre Umgangssprache.« Vgl. ›Das Silmarillion‹, Seite 146: »Und es ge-

schah, wie Thingol gesagt hatte ... die Verbannten aber nahmen für alle täglichen Belange das Sindarin an, und die Hochsprache des Westens sprachen nur mehr die Fürsten der Noldor, wenn sie unter sich waren. Doch lebte ihre Sprache fort als eine Sprache der Wissenschaft, wo immer noch einer aus ihrem Volk lebte.«

27 Dieses waren die Blumen, die in verschwenderischer Fülle auf den Grabhügeln der Könige von Rohan unterhalb von Edoras blühten. Gandalf nannte sie in der Sprache der Rohirrim (ins Altenglische übersetzt) *simbelmyne*, das heißt »Immertreu«, »denn sie blühen zu allen Jahreszeiten und wachsen, wo tote Männer ruhen« (›Die Zwei Türme‹, 3. Kapitel 6). Der Elbenname *uilos* findet sich nur an dieser Stelle, jedoch auch in Amon Uilos, wie der Quenya-Name »Oiolosse« (»Immer-Schneeweiß«, der Berg Manwes) ins Sindarin übersetzt lautet. In ›Cirion und Eorl‹ trägt die Blume den anderen Elbennamen *alfirin* (vgl. ›Nachrichten aus Mittelerde‹, Seite 401).

28 Im ›Silmarillion‹ heißt es, daß Thingol die Zwerge von Belegost mit vielen Perlen belohnte: »Diese gab ihm Círdan, denn sie fanden sich in großer Anzahl in den flachen Gewässern um die Insel Balar ...« (Seite 105).

29 Ecthelion von der Quelle wird im ›Silmarillion‹ als einer der Hauptleute Turgons erwähnt, die die Flanken des Heeres von Gondolin schützten, als es sich nach der Nirnaeth Arnoediad am Sirion entlang zurückzog. Des weiteren als derjenige, der bei der Vernichtung der Stadt den Fürsten der Balrogs Gothmog erschlug und von diesem erschlagen wurde.

30 An dieser Stelle endet das sauber geschriebene, wenngleich oft korrigierte Manuskript, und der Rest der Erzählung ist flüchtig auf ein Stückchen Papier gekritzelt.

31 Hier endet die Erzählung endgültig, und es sind lediglich einige hastige Notizen erhalten, die den weiteren Verlauf der Handlung andeuten: Tuor fragt nach dem Namen der Stadt, und man nennt ihm ihre sieben Namen. (Es ist bemerkenswert, und ohne Zweifel beabsichtigt, daß der Name Gondolin nirgends sonst in der

Erzählung benutzt wird, außer an ihrem Ende; immer wird sie »das Verborgene Königreich« oder »die Verborgene Stadt« genannt.) Ecthelion gab Befehl, Signal zu blasen, und von den Türmen des Großen Tores erschollen Trompetenklänge, die von den Hügeln widerhallten. Nach einer Stille hörten sie aus weiter Ferne die Antwort der Trompeten von den Mauern der Stadt. Pferde wurden gebracht (für Tuor ein graues), und sie ritten nach Gondolin.

Eine Beschreibung der Stadt sollte folgen: die Treppen, die auf ihre hochgelegenen Terrassen führten, und ihr großes Tor; die Hügel (dieses Wort ist unsicher) der Mallorn, Birken und immergrüner Bäume; der Platz der Quelle, der Königsturm über einem Säulengang, das Haus des Königs und das Banner Fingolfins. Jetzt sollte Turgon selbst erscheinen, »das größte aller Kinder dieser Welt, Thingol ausgenommen«, mit einem weißen und goldenen Schwert in einer Elfenbeinscheide, und Tuor begrüßen. Maeglin stand auf der rechten Seite des Throns und Idril, die Tochter des Königs, saß zu seiner Linken. Tuor überbrachte die Botschaft Ulmos, entweder »im Beratungszimmer« oder »vor aller Ohren«.

Andere unzusammenhängende Notizen zeigen, daß eine Beschreibung Gondolins geplant war, wie es Tuor aus der Ferne sah, und daß Ulmos Mantel beim Überbringen der Nachricht verschwand. Es sollte erklärt werden, warum es keine Königin von Gondolin gab. Es sollte hier oder zu einem früheren Zeitpunkt ausdrücklich betont werden, daß Tuor, bevor er Idril zum ersten Mal erblickte, in seinem Leben nur wenige Frauen gekannt oder auch nur gesehen hatte. Die meisten Frauen und alle Kinder der Gefolgschaft Annaels aus Mithrim waren in den Süden geschickt worden; als Sklave hatte Tuor nur die hochmütigen und rohen Frauen der Ostlinge gesehen, die ihn wie ein Tier behandelten, oder die unglücklichen Sklavinnen, die von Kindesbeinen an zur Arbeit gezwungen wurden und für die er nur Mitleid empfand.

Es sei darauf hingewiesen, daß spätere Erwähnungen von Mallorn in Númenor, Lindon und Lothlórien nicht unbedingt bedeuten, daß diese Bäume zur Altvorderenzeit in Gondolin gediehen, wenn dies auch nicht gänzlich auszuschließen ist. Turgons Gemahlin Elenwe war bereits vor langer Zeit ums Leben gekommen, als Fingolfins Heer über die Helcaraxe setzte (vgl. ›Das Silmarillion‹, Seite 103).

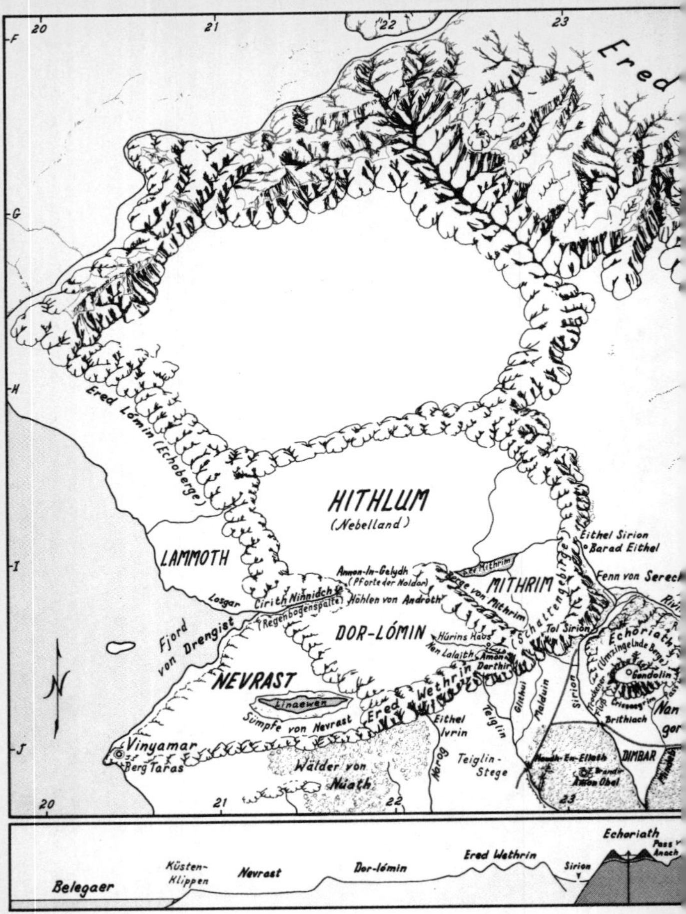

Länder im Norden

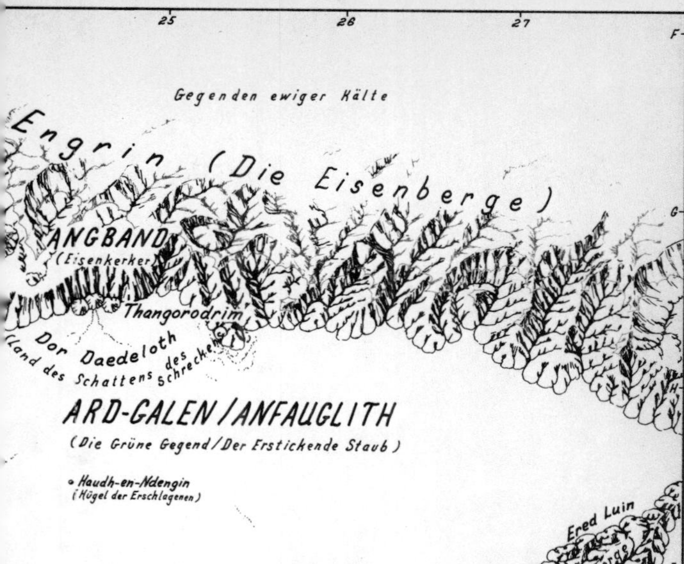
25
26
27
F
G
H
I
J
Gegenden ewiger Kälte
Engrin (Die Eisenberge)
ANGBAND
(Eisenkerker)
Thangorodrim
Dor Daedeloth
(Land des Schattens des Schreckens)
ARD-GALEN / ANFAUGLITH
(Die Grüne Gegend / Der Erstickende Staub)
Haudh-en-Ndengin
(Hügel der Erschlagenen)
Ered Luin
Die Blauen Berge
LADROS
ORTHONION
Tarn Aeluin
Ered Gorgoroth
(Berge des Grauens)
LOTHLANN
Aglon-Pass
Maedhros' Mark
Himring
Maglors Lücke
Dor Dinen
(Stilles Land)
Arossiech (Aros-Furt)
HIMLAD
(Kühle Ebene)
Kleiner Gelion
Großer Gelion
Gelion
Celon
Rerir-Berg
Helevorn-See
THARGELION
Fälle
Ant laur
0
50
100
150
Ered Gorgoroth
Pass von Aglon
Himring-Berge
Maglors Lücke
Rerir-Berg
Blaue Berge

NEVRAST
Linaewen
Vinyamar
Berg Taras
Eithel Ivrin
Teiglin
Glithui
Malduin
Gondolin
Brithiach
DIMBAR
Teiglin-Stege
Amon Obel
Wald von Brethil
Wälder von Núath
Ginglith
Tumhalad
Narog
Dor-Cúarthol
Amon Rûdh
Bar-en-Danwedh
Taleth Dirnen
(Bewachte Ebene)
Amon Ethir (Hügel der Späher)
Methed en-glad
Nargothrond
Aelin-uial
(Dämmerseen)
Bar-erib
Taur-en-Faroth
(Wald der Jäger)
Fälle des Sirion
Pforten des Sirion
Brithon
Brithombar
Nenning
FALAS (Küste)
Eglarest
Barad Nimras
WEST BELERIAND
Nan-Tathren
(Weiden-tal)
Sirion
Belegaer
Birkenwälder von Nimbrethil
ARVERNIEN
Lisgardh
Kap Balar
Anfurten des Sirion
Mündungen des Sirion
Bucht von Balar
INSEL BALAR
Städte, einige mit Stadtmauern
Straßen, einige mit Furten und Brücken
Flüsse, Wasserflächen
Waldgebiet
Sumpf
MEILEN
0
50
100
150
20
21
22
23
J
K
L
M
N
Eisenberge
Thangorodrim
Angband
Hügel der Erschlagenen
Ard-galen / Anfauglith
Hochland

Beleriand

25
26
27
Himring
Maglors Lücke
Dor Dínen
(Stilles Land)
Arossiach (Aros-Furt)
HIMLAD
(Kühle Ebene)
Kleiner Gelion
Großer Gelion
Rerir-Berg
Helevorn-See
(Die Blauen Berge)
J
Fälle
Celon
Gelion
Nan Elmoth
(Sternendämmer-Tal)
Aros
Menegroth
ARTHÓRIEN
THARGELION
(Talath Rhúnen)
ESTOLAD
(Das Lager)
(Das Lager)
Melians
Dolmed-Berg
Belegost
(Gabilgathod)
K
OST-BELERIAND
Sarn Athrad
Zwergen-Straße
Nogrod
(Tumunzahar)
Ascar (Rathlóriel)
Ramdal
Thalos
River Gelion
Amon Ereb
Ered Luin (Lindon)
L
Legolin
OSSIRIAND
(Land der Sieben Flüsse)
Brilthor
(LINDON)
Duilwen
Lanthir Lamath
M
Tol Galen
Adurant
DOR FIRN-I-GUINAR
(Land der Toten, die leben)
25
26
27
N
Beleriand
Gorgoroth
Esgalduin
Fall-Linie
Menegroth
Aros
Andram
Taur-im-Duinath

Von Tuor und dem Fall von Gondolin

Es wurde erzählt, wie Huor, Húrins Bruder, in der Schlacht der Ungezählten Tränen fiel; und im Winter desselben Jahres gebar Rían, sein Weib, in der Wildnis von Mithrim einen Sohn, und er wurde Tuor genannt und von Annael aufgezogen, einem der Grau-Elben, die noch in jenen Hügeln lebten. Als Tuor nun sechzehn Jahre alt war, gedachten die Elben, die Höhlen von Androth, in denen sie wohnten, zu verlassen und sich heimlich zu den Sirion-Häfen im fernen Süden durchzuschlagen; doch wurden sie von Orks und Ostlingen angegriffen, ehe sie noch die Flucht bewerkstelligen konnten, und Tuor wurde gefangengenommen und zum Sklaven Lorgans gemacht, des Häuptlings der Ostlinge von Hithlum. Drei Jahre lang ertrug er die Knechtschaft, doch dann entfloh er. Er kehrte in die Höhlen von Androth zurück, wo er ganz allein lebte; und solchen Schaden stiftete er unter den Ostlingen, daß Lorgan einen Preis auf seinen Kopf setzte.

Doch als Tuor vier Jahre lang so als ein einsamer Bandit gelebt hatte, gab Ulmo es ihm in den Sinn, aus dem Lande seiner Väter fortzugehen, denn Ulmo hatte Tuor zum Werkzeug seiner Pläne erwählt. Und so verließ er wieder die Höhlen von Androth und ging nach Westen durch Dor-lómin, und dort fand er Annon-in-Gelydh, die Pforte der Noldor, die Turgons Volk vor langen Jahren gebaut hatte, als es in Nevrast lebte. Dies war der Eingang zu einem dunklen Tunnel, der unter dem Gebirge hindurchführte und in der Cirith Ninniach wieder ins Freie trat, der Regenbogenspalte, durch die ein Wildbach dem Westmeer zufloß. So blieb Tuors Flucht aus Hithlum von Mensch und Ork unbemerkt, und keine Meldung drang Morgoth zu Ohren.

Und Tuor kam nach Nevrast, und als er Belegaer, das Große Meer, erblickte, da liebte er es, und die Laute der Wellen und die Sehnsucht nach dem Meer gingen nicht mehr aus seinem Ohr und Herzen, und eine Unruhe war in ihm, die ihn zuletzt in die Weiten von Ulmos Reich führte. Nun lebte er allein in Nevrast, und der Sommer des Jahres ging hin, und das Verhängnis von Nargothrond nahte; als es aber Herbst wurde, sah er sieben große Schwäne gen Süden fliegen, und er erkannte darin ein Zeichen, daß er zu lange verweilt hatte, und er folgte ihrem Fluge die Küste entlang. So kam er schließlich zu den verlassenen Hallen von Vinyamar unter dem Tarasberg, und er trat ein und fand Schild und Panzer, Schwert und Helm, wie sie Turgon auf Ulmos Geheiß vor langer Zeit dort gelassen hatte; und er gürtete sich mit diesen Waffen und ging ans Ufer hinunter. Da aber kam ein großer Sturm aus Westen, und aus dem Sturm erhob sich Ulmo in seiner Majestät und sprach zu Tuor, der am Ufer stand. Und Ulmo hieß ihn, von diesem Ort aufzubrechen und das versteckte Königreich Gondolin zu suchen; und er gab Tuor einen großen Mantel, um sich vor den Augen seiner Feinde in Schatten zu bergen.

Am Morgen aber, als der Sturm vorüber war, traf Tuor einen Elben, der vor den Mauern von Vinyamar stand; und dies war Voronwe, Aranwes Sohn, aus Gondolin, der mit dem letzten Schiff gefahren war, das Turgon nach Westen entsandte. Doch als das Schiff, aus dem hohen Meere zurückkehrend, zuletzt in dem großen Sturm scheiterte, in Sichtweite der Küste von Mittelerde, da trug Ulmo ihn als einzigen von allen Seeleuten empor und warf ihn nahe bei Vinyamar an Land. Und als Voronwe nun erfuhr, welchen Auftrag Tuor von dem Herrn der Wasser empfangen hatte, da war er voll Staunens und weigerte sich nicht, ihn zu dem versteckten Tor von Gondolin zu geleiten. So machten sie sich zusammen auf den Weg, und als der Grausame Winter jenes Jahres von Norden her über sie hereinbrach, da gingen sie vorsichtig unter den Ausläufern des Schattengebirges nach Osten.

Schließlich führte sie ihr Weg zu den Weihern von Ivrin, und voller Trauer sahen sie die Entweihung, die Glaurung der Drache begangen hatte, als er hier vorüberkam; doch während sie dies noch betrachteten, sahen sie einen, der eilig nach Norden ging, und er war ein großer Mensch, in Schwarz gehüllt und ein schwarzes Schwert an der Seite. Aber sie wußten nicht, wer er war, noch was im Süden geschehen war; und er ging an ihnen vorüber, ohne daß sie sich zu erkennen gaben.

Zuletzt, dank der Macht, die Ulmo ihnen verliehen, kamen sie an das versteckte Tor von Gondolin, und nachdem sie den Tunnel durchschritten hatten, erreichten sie das innere Tor und wurden von der Wache gefangengenommen. Dann führte man sie die gewaltige Schlucht von Orfalch Echor hinauf, die von sieben Toren versperrt war, und brachte sie zu Ecthelion von der Quelle, dem Wärter des Großen Tores am Ende der aufsteigenden Straße; und dort warf Tuor seinen Mantel ab, und an den Waffen aus Vinyamar, die er trug, erkannte man, daß er wahrhaftig von Ulmo gesandt war. Dann blickte Tuor hinab auf das schöne Tal von Tumladen, eingefaßt zwischen den Umzingelnden Bergen wie ein grünes Juwel; und in der Ferne, auf der felsigen Höhe des Amon Gwareth sah er das große Gondolin, die Stadt mit den sieben Namen, die ruhmreichste und meistbesungene von allen Städten der Elben in den Hinnenlanden. Auf Ecthelions Geheiß wurden auf den Türmen des Großen Tores Trompeten geblasen, und sie hallten von den Bergen wider; und von fern, doch deutlich vernahm man zur Antwort den Klang der Trompeten auf den weißen, von der Dämmerung geröteten Mauern der Stadt.

So geschah es, daß Huors Sohn durch Tumladen ritt und ans Stadttor von Gondolin kam; und nachdem er die breite Treppe zur Stadt hinaufgeschritten war, brachte man ihn zuletzt zum Turm des Königs, und er sah die Bilder der Bäume von Valinor. Dann stand Tuor vor Turgon, Fingolfins Sohn und Hoher König der Noldor, und zur Rechten des Königs stand Maeglin, sein Schwestersohn, zur Linken aber Idril Celebrindal, seine Tochter. Und alle, welche Tuors Stimme vernahmen, waren verwundert und mochten nicht glauben, daß dies wahrhaftig ein Mensch von sterblicher Art sei, denn seine Worte waren die Worte des Herrn der Wasser, die ihm in jener Stunde in den Sinn kamen. Und er überbrachte Turgon die Warnung, daß Mandos' Fluch nun der Erfüllung entgegeneile, in der alle Werke der Noldor untergehen sollten; und er hieß ihn fortziehen und die schöne und mächtige Stadt verlassen, die er erbaut hatte, und den Sirion hinab zum Meere zu gehen.

Lange bedachte nun Turgon Ulmos Rat, und ihm kamen die Worte wieder in den Sinn, die einst in Vinyamar zu ihm gesprochen wurden: »Liebe nicht zu sehr deiner Hände Werk und deines Herzens Pläne, und sei dessen eingedenk, daß die wahre Hoffnung der Noldor im Westen liegt und vom Meere kommt.« Doch Turgon war stolz geworden, und Gondolin war schön wie ein Abglanz der Elbenstadt Tirion, und selbst gegen den Rat eines Vala vertraute er noch immer auf sein Geheimnis und seine undurchdringliche Befestigung; und nach der Nirnaeth Arnoediad begehrte das Volk der Stadt nicht mehr, jemals wieder an den Sorgen der Elben und Menschen draußen beteiligt zu sein, noch durch Gefahr und Schrecken in den Westen zurückzukehren. Abgeschlossen hinter seinen weglosen und verzauberten Bergen, ließ Gondolin niemanden ein, und wäre er selbst auf der Flucht vor Morgoth gewesen; und die

Nachrichten aus den Ländern draußen kamen nur selten und von weit her, und man beachtete sie wenig. Die Späher von Angband suchten Gondolin vergebens; und wo es lag, darüber gab es nur Gerüchte, und niemand konnte das Geheimnis entdecken. Maeglin sprach im Rate des Königs stets gegen Tuor, und seine Worte schienen um so schwerer zu wiegen, als sie ganz nach Turgons Herzen waren. Und zuletzt lehnte Turgon Ulmos Ansinnen ab und folgte seinem Rate nicht. Doch in der Warnung des Vala hörte er von neuem die Worte, die vor langer Zeit an der Küste von Aman gesprochen wurden, ehe die Noldor von dort schieden; und Furcht vor Verrat erwachte in Turgons Herzen. Daher ließ er zu jener Zeit sogar den Eingang zu dem Versteckten Tor in den Umzingelnden Bergen zuschütten; und hernach, solange die Stadt stand, ging niemand mehr aus Gondolin fort, ob zu friedlichem oder kriegerischem Geschäft. Nachricht kam durch Thorondor, den Herrn der Adler, vom Fall Nargothronds und später vom Tode Thingols und Diors, seines Erben, und von der Vernichtung Doriaths; doch Turgon verschloß sein Ohr vor den Leiden der Welt draußen und gelobte, nie mehr an der Seite eines Sohns von Feanor in den Krieg zu ziehen, und seinem Volk verbot er für immer, den Sperrgürtel der Berge zu überschreiten.

Und Tuor blieb in Gondolin, denn Glück und Schönheit der Stadt und die Kenntnisse ihrer Bewohner nahmen ihn gefangen; und er wurde mächtig an Körper und Geist und vertiefte sich in die Wissenschaft der verbannten Elben. Dann wandte sich Idrils Herz ihm zu, und sein Herz wandte sich ihr zu; und Maeglins versteckter Haß wurde immer größer, denn über alles begehrte er, sie zu besitzen, die einzige Erbin des Königs von Gondolin. Doch so hoch stand Tuor in des Königs Gunst, als er sieben Jahre dort gelebt hatte, daß ihm Turgon auch die Hand seiner Tochter nicht verweigerte; denn wenn er schon Ulmos Rat nicht befolgte, so erkannte er doch, daß das Schicksal der Noldor mit dem jenes einen verknüpft war, den Ulmo gesandt hatte; und er vergaß nicht, was Huor zu ihm gesagt hatte, bevor sich das Heer von Gondolin aus der Schlacht der Ungezählten Tränen zurückzog.

Da gab es ein großes und frohes Fest, denn Tuor hatte die Herzen aller gewonnen, nur nicht Maeglins und seiner geheimen Anhänger; und so kam es zur zweiten Vereinigung zwischen Elben und Menschen.

Im Frühjahr darauf wurde in Gondolin Earendil der Halb-Elb geboren, Sohn von Tuor und Idril Celebrindal; und dies war fünfhundertunddrei Jahre nach der Ankunft der Noldor in Mittelerde. Unübertrefflich schön war Earendil, denn ein Licht war in seinem Antlitz wie das Licht des Himmels; in ihm waren die Schönheit und Weisheit der Eldar mit der Kraft und Kühnheit der alten Menschen vereinigt; und immer sprach das Meer zu seinem Ohr und Herzen, wie zu Tuor, seinem Vater.

Damals waren die Tage von Gondolin noch voll Freude und Frieden, und niemand wußte, daß das Gebiet, wo das Verborgene Königreich lag, Morgoth schon durch Húrins Schreie verraten worden war, als dieser in der Wildnis vor den Umzingelnden Bergen stand und, da er keinen Eingang finden konnte, in seiner Verzweiflung nach Turgon rief. Seither kreisten Morgoths Gedanken unablässig um das gebirgige Land zwischen dem Anach und dem Oberlauf des Sirion; dank der Wachsamkeit der Adler jedoch konnte noch kein Späher und keine Kreatur aus Angband dorthin gelangen, und Morgoth war in der Erfüllung seiner Pläne aufgehalten. Idril Celebrindal aber war gelehrt und weitblickend, und ihr ahnte Schlimmes, und Vorwissen kroch wie eine Wolke über ihren Geist. Daher ließ sie in jener Zeit einen geheimen Weg vorbereiten, einen Tunnel, der unter der Stadt bis zu einem Ausgang weit jenseits der Mauern führte, nördlich des Amon Gwareth; und sie fing es so an, daß die Arbeiten nur wenigen bekannt wurden und kein Wort davon je an Maeglins Ohr drang.

Zu einer Zeit nun, als Earendil noch ein Kind war, verschwand Maeglin. Denn, wie erzählt worden, er liebte den Bergbau und das Schürfen nach den Metallen mehr als jede andere Kunst, und er war der Meister und Führer der Elben, die fern der Stadt in den Bergen nach Metallen gruben, aus denen sie schmiedeten, wessen sie zu Krieg und Frieden bedurften. Doch oft ging Maeglin mit wenigen seiner Leute über den Sperrgürtel der Berge hinaus, und der König wußte nicht, daß sein Gebot derart mißachtet wurde; und so wollte es das Schicksal, daß Maeglin von Orks gefangen und nach Angband gebracht wurde. Maeglin war nicht schwach oder feig, doch die Qualen, die man ihm androhte, beugten seinen Geist, und er erkaufte Leben und Freiheit, indem er Morgoth die genaue Lage von Gondolin verriet und die Wege, auf denen es zu erreichen und anzugreifen war. Groß war da Morgoths Freude, und Maeglin versprach er, daß er über Gondolin als sein Vasall herrschen und Idril Celebrindal zum Besitz erhalten solle, sobald die Stadt erst genommen wäre; und gewiß erleichterten Maeglins Begehren nach Idril und sein Haß auf Tuor den Verrat, den schimpflichsten von allen, über die in den Geschichten aus den Ältesten Tagen berichtet wird. Morgoth schickte ihn jedoch nach Gondolin zurück, damit niemand den Verrat argwöhne und Maeglin den Angriff, wenn die Stunde käme, von innen unterstützen könne; und er ging weiter durch die Hallen des Königs, Lächeln im Antlitz und Unheil im Herzen, während sich das Dunkel immer dichter um Idril legte.

Endlich, in dem Jahr, als Earendil sieben Jahre alt wurde, war Morgoth bereit, und er ließ seine Balrogs und seine Orks und seine Wölfe auf Gondolin los; und mit ihnen kamen Drachen aus Glaurungs Brut, und sie waren nun zahlreich und furchtbar. Morgoths Heer kam von Norden, wo die Berge am höchsten und die Wachen am spärlichsten waren, und es kam in der Nacht vor einem Fest, als in Gondolin jedermann auf den Mauern war, um die Sonne zu erwarten und Gesänge anzustimmen, wenn sie aufginge; der nächste Tag nämlich war der große Festtag, den man als die Pforten des Sommers bezeichnete. Das rote Licht aber stieg über den Bergen im Osten auf, und niemand sah nach Norden; und so wurde dem Vordringen der Feinde kein Halt geboten, bis sie schon unter den Mauern standen und die Stadt hoffnungslos eingeschlossen war. Von den Taten verzweifelten Muts, welche die Häupter der edlen Häuser und ihre Krieger dort leisteten, nicht zuletzt Tuor, wird ausführlich im ›Fall von Gondolin‹ erzählt: wie Ecthelion von der Quelle auf dem Platz vor dem Königshause mit Gothmog, dem Fürsten der Balrogs, kämpfte und beide einander erschlugen, und wie Turgons Turm von den Männern seines Hauses verteidigt wurde, bis man den Turm umwarf. Gewaltig war sein Einsturz wie der Sturz Turgons zwischen den Trümmern.

Tuor versuchte Idril aus den Trümmern der Stadt zu retten, doch Maeglin hatte Hand an sie und Earendil gelegt; und Tuor rang mit Maeglin auf der Stadtmauer und warf ihn hinunter, und dreimal schlug sein Leib im Fallen auf die Felswände des Amon Gwareth auf, ehe er drunten in die Flammen stürzte. Dann führten Tuor und Idril diejenigen, die sie in der Verwirrung der niederbrennenden Stadt noch zu sammeln vermochten, den geheimen Weg hinab, den Idril vorbereitet hatte; und von diesem Tunnel wußten die Hauptleute aus Angband nichts, und sie glaubten auch nicht, daß Flüchtlinge einen Weg nach Norden nehmen würden, wo die Berge am höchsten waren und Angband am nächsten. Der Qualm des Brandes und der Dampf der klaren Quellen von Gondolin, die in den Flammen der Drachen versiegten, senkte sich in traurigen Nebeln über das Tal von Tumladen; und so wurde die Flucht Tuors und seiner Gefährten begünstigt, denn sie hatten noch einen weiten und offenen Weg vom Ausgang des Tunnels bis zum Fuße der Berge zurückzulegen. Dennoch, sie kamen dorthin, und über alles Hoffen gelang ihnen der Aufstieg, in Schmerz und Elend, denn die Höhen waren kalt und schrecklich, und unter den Flüchtlingen waren viele Verwundete, Frauen und Kinder.

Dort war ein entsetzlicher Paß, Cirith Thoronath genannt, die Adlerspalte, ein schmaler Pfad, der sich im Schatten der höchsten Gipfel dahinwand, zur Rechten eine Felswand und zur Linken den entsetzlichen Abgrund der Leere. Auf diesem schmalen Weg gingen sie, als sie von Orks überfallen wurden, denn Morgoth hatte überall in den Umzingelnden Bergen Wachen aufgestellt, und ein Balrog war unter ihnen. Furchtbar war da ihre Not, und kaum hätte sie der blonde Glorfindel durch seinen Mut gerettet, der Herr des Hauses der Goldenen Blume von Gondolin, wäre ihnen nicht Thorondor beizeiten zu Hilfe gekommen.

Der Lieder sind viele, in denen Glorfindels Kampf mit dem Balrog auf einer Felsspitze an jenem hohen Orte besungen wurde; und beide stürzten sie im Abgrund zu Tode. Die Adler aber kamen auf die Orks herniedergestoßen, die heulend flohen; und alle Orks wurden getötet oder in die Tiefe gestoßen, so daß die Nachricht von der Flucht aus Gondolin erst sehr viel später an Morgoths Ohr drang. Und Thorondor holte Glorfindels Leichnam aus dem Abgrund herauf, und sie begruben ihn unter einem Steinhügel am Rand des Passes; und grünes Gras wuchs dort, und gelbe Blumen blühten darauf inmitten der Steinwüste, bis daß die Welt geändert wurde.

So zogen die Überlebenden von Gondolin über die Berge, geführt von Tuor, Huors Sohn, und sie kamen ins Tal des Sirion hinab, und auf beschwerlichen und gefahrvollen Wegen nach Süden fliehend, gelangten sie schließlich nach Nan-tathren, ins Land der Weidenbäume, denn noch floß Ulmos Macht in dem großen Strom und beschirmte sie. Dort rasteten sie eine Zeitlang und wurden geheilt von Wunden und Müdigkeit; ihr Leid aber war nicht zu heilen. Und sie feierten ein Fest zum Gedenken an Gondolin und die Elben, die dort umgekommen waren, die Frauen und die Mädchen und die Krieger des Königs; und der Lieder waren viele, die sie für den geliebten Glorfindel sangen, unter den Weiden von Nan-tathren gegen Ende des Jahres. Dort machte Tuor ein Lied für Earendil, seinen Sohn, das von Ulmo sprach, dem Herrn der Wasser, wie er einst in Nevrast ans Ufer gekommen; und die Meeressehnsucht erwachte in seinem und in seines Sohnes Herzen. Daher gingen Idril und Tuor aus Nan-tathren fort, den Strom hinab nach Süden bis ans Meer; und dort lebten sie bei den

Sirion-Häfen, und ihr Volk vereinigte sich mit der Schar von Elwing, Diors Tochter, die nur wenig früher hierher geflohen war. Und als die Meldung vom Fall Gondolins und von Turgons Tod nach Balar gelangte, wurde Ereinion Gil-galad, Fingons Sohn, zum Hohen König der Noldor in Mittelerde gekrönt.

Morgoth aber glaubte seinen Triumph vollendet, denn wenig fürchtete er Feanors Söhne und ihren Eid, der ihm nie wehgetan hatte und immer zu seinem größten Vorteil ausgeschlagen war; und er lachte in schwarzer Laune, dem einen Silmaril, den er eingebüßt hatte, nicht nachtrauernd, denn durch diesen, so glaubte er, sollten auch die letzten Spuren vom Volk der Eldar aus Mittelerde verschwinden, und alle Unruhe hätte ein Ende. Wenn er von denen bei den Sirion-Häfen wußte, so ließ er doch davon nichts merken, sondern wartete ab, daß Eid und Lüge ihr Werk täten. Aber am Sirion und am Meer wuchs aus den Nachkommen von Doriath und Gondolin ein Elbenvolk zusammen, und von Balar kamen Círdans Seeleute zu ihnen. Sie wurden heimisch auf den Wellen und erlernten den Schiffbau, sich immer nahe an den Küsten von Arvernien haltend, wo Ulmos Hand sie beschirmte.

Und es heißt, zu jener Zeit sei Ulmo aus den tiefen Wassern nach Valinor gekommen und habe dort zu den Valar von der Not der Elben gesprochen; und er rief sie auf, ihnen zu vergeben, sie vor der Übermacht Morgoths zu retten und die Silmaril zurückzuerobern, in denen allein noch das

Licht der Glückseligen Tage blühte, der Tage, da die Zwei Bäume in Valinor strahlten. Manwe aber rührte sich nicht; und welche Geschichte wüßte um die Ratschlüsse seines Herzens? Die Weisen haben gesagt, noch sei die Stunde nicht gekommen gewesen; und nur einer, der in eigener Person für die Sache sowohl der Elben wie der Menschen spräche, Vergebung für ihre Missetaten und Mitleid für ihre Leiden erbittend, hätte den Sinn der Mächte zu rühren vermocht; und Feanors Eid konnte vielleicht auch Manwe nicht lösen, solange er nicht erloschen war und Feanors Söhne die Silmaril nicht freigegeben hatten, auf die sie ohne Rücksicht Anspruch erhoben. Denn das Licht, das in den Silmaril leuchtete, hatten die Valar selbst erschaffen.

In jenen Tagen fühlte Tuor, wie ihn das Alter beschlich, und immer stärker wurde in seinem Herzen die Sehnsucht nach den Weiten des Meeres. Und so baute er ein großes Schiff und nannte es Earráme, was Meeresschwinge bedeutet; und mit Idril Celebrindal fuhr er in den Sonnenuntergang nach Westen hinaus und verschwand aus den Liedern und Erzählungen. In späteren Zeiten wurde gesungen, Tuor allein unter den sterblichen Menschen sei zum älteren Geschlecht gezählt und mit den Noldor vereinigt worden, die er liebte; und sein Schicksal ist vom Schicksal der Menschen geschieden.

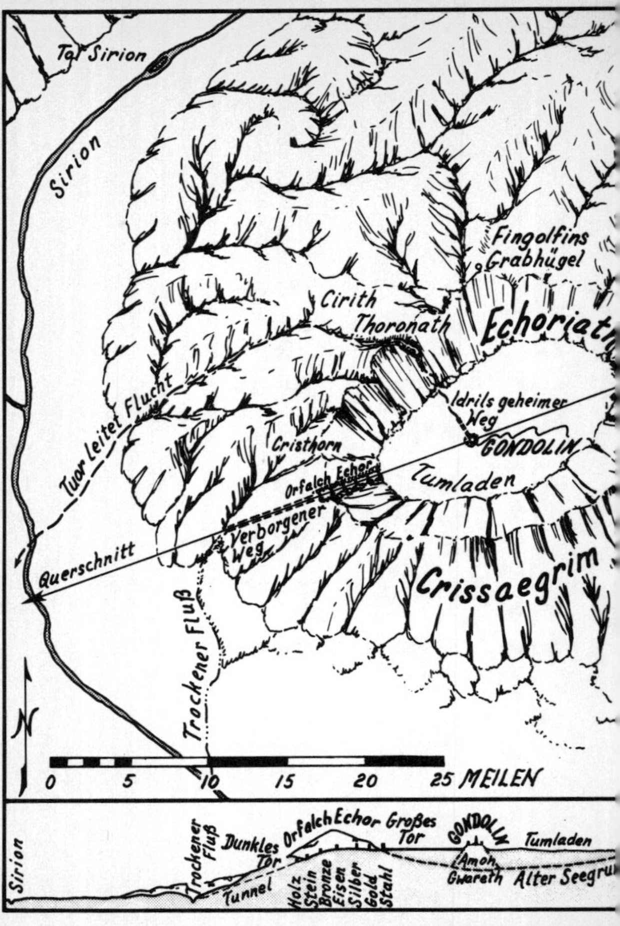
Tal Sirion
Sirion
Fingolfins Grabhügel
Cirith Thoronath
Echoriath
Idrils geheimer Weg
GONDOLIN
Tumladen
Cristhorn
Orfalch Echor
Tuor leitet Flucht
Verborgener Weg
Querschnitt
Crissaegrim
Trockener Fluß
0 5 10 15 20 25 MEILEN
Sirion
Trockener Fluß
Dunkles Tor
Orfalch Echor
Großes Tor
GONDOLIN
Tumladen
Amon Gwareth
Alter Seegru
Tunnel
Holz
Stein
Bronze
Eisen
Silber
Gold
Stahl

Anach
Caragdûr
Idrils geheimer Weg
Platz des Königs
Turm des Königs
Tor
GONDOLIN
(Ondolinde)
Amon Gwareth
N
0 1000 3000 FUSS
oriath
Vertikale Vergrößerung 5:1

Gondolin, der Verborgene Felsen, war das Ergebnis von Turgons langen Bemühungen, eine geheime Stadt zu bauen. Ulmo offenbarte ihm die Lage des Versteckten Tales von Tumladen, und nach 52 Jahren mühevoller Arbeit war die Stadt vollendet. Die Echoriath scheinen ein gigantischer Krater und Amon Gwareth ein zweiter Kegel gewesen zu sein. Nach dem Erlöschen bildete sich ein See. Hier »waren die Valar selbst am Werk gewesen ... hatten die großen Berge auseinandergezwungen; die Seitenwände der Schlucht waren so glatt wie mit der Axt behauen« (s. S. 72). Durch diesen Spalt entleerte sich schließlich der See, und so entstanden eine flache Ebene, eine steile Schlucht, ein Tunnel und der Trockene Fluß. Als die Stadt gegen 104 in Besitz genommen wurde, nutzte man diese geographischen Besonderheiten geschickt aus. Der Verborgene Weg verlief im ehemaligen Tunnel und in dem tief eingegrabenen Bett des Flusses und wurde durch sieben bewachte Tore versperrt: aus Holz, Stein, Bronze, Eisen, Silber, Gold und Stahl. Das Dunkle (Äußere) Tor lag im Tunnel, die übrigen Tore befanden sich in der Schlucht (Orfalch Echor). Befand man sich einmal im Tal, konnte man die Stadt nur über Treppen und durch das Haupttor erreichen, denn die Berghänge waren steil, besonders im Norden, wo am Felsvorsprung von Caragdûr Eol starb.

Es ist interessant, Gondolin mit größeren Städten anderer Zeitalter zu vergleichen. Tirion war offensichtlich der Prototyp nicht nur für Gondolin, sondern auch für Armenelos auf Númenor und Minas Anor (Minas Tirith) in Gondor. Sie alle waren mauerumschlossene Bergstädte, von einem Turm gekrönt, der an einem großen Hofplatz stand, auf dem ein Baum wuchs (oder, wie im Falle Gondolins, Bilder der Zwei Bäume von Valinor enthielt). Caras Galadhon und Minas Tirith hatten überdies Springbrunnen. Gondolins ursprünglicher Name war Ondolinde, Fels der Wassermusik.

Für unsere Karte wurden eine Zeichnung von Tolkien, die ursprüngliche Karte und eine Untersuchung ähnlicher Landformen in unserer Welt herangezogen. Amon Gwareth ist als ein 400 Fuß hoher Hügel dargestellt worden. Er scheint oben abgeflacht gewesen zu sein, also wurde seine Spitze vermutlich entfernt. Der Turm des Königs hatte die gleiche Höhe, und die Turmspitze lag 800 Fuß über der Talsohle. Durch den Hügel und nach Norden bis weit unter die Ebene führend, ließ Idril als Fluchtweg einen geheimen Tunnel graben, durch den sie mit Tuor und den übrigen Gondolindrim floh, als 511, nach 400 Jahren des Friedens, Gondolin fiel.

Glossar

Aman. »Gesegnet, frei von Unheil«, das Land der Valar im äußersten Westen, oft auch als »Segensreich« bezeichnet.

Amon Gwareth. Der Hügel, auf dem Gondolin erbaut war, inmitten der Ebene von Tumladen.

Anar. Quenya-Name der Sonne.

Androth. Höhlen in den Bergen von Mithrim, wo Tuor mit den Grau-Elben und später als einsamer Geächteter wohnte.

Anfauglith. Name der Ebene von Ard-galen nach ihrer Verwüstung durch Morgoth in der Dagor Bragollach.

Angband. »Eisenkerker, Eisenhölle«, Morgoths große Höhlenfestung im Nordwesten von Mittelerde.

Angrod. Fürst der Noldor, der dritte Sohn Finarfins; in der Dagor Bragollach gefallen.

Annael. Grau-Elb aus Mithrim, Pflegevater Tuors.

Annon-in-Gelydh. »Pforte der Noldor«, Eingang zu einem unterirdischen Wasserlauf in den westlichen Bergen von Dor-lómin, nach Cirith Ninniach führend.

Aranwe. Elb aus Gondolin, Vater Voronwes.

Arda. »Das Reich«, Name der Erde als Königreich Manwes.

Aredhel. »Feine Elbin«, Schwester Turgons und Mutter Maeglins.

Arminas. Noldor-Elb, der mit Gelmir Tuor bei Annonin-Gelydh traf und später nach Nargothrond ging, um Orodreth vor Gefahr zu warnen.

Arvernien. Küstengebiet von Mittelerde westlich der Sirion-Mündungen.

Aule. Einer der großen Valar, der Schmied und Meister der Handwerke, Gemahl Yavannas.

Balar. Die große Bucht südlich von Beleriand, in die der Sirion mündete; zugleich die Insel in dieser Bucht, wo Círdan und Gil-galad nach der Nirnaeth Arnoediad wohnten.

Balrog. »Starker Dämon«, Sindarin-Form des Namens der Feuergeister in Morgoths Diensten.

Beleg. Ein großer Bogenschütze, Oberhaupt der Grenzwachen von Doriath, Freund und Gefährte Túrins, von dem er erschlagen wurde.

Belegaer. »Das Große Meer« des Westens, zwischen Mittelerde und Aman.

Belegost. »Große Festung«, eine der beiden Zwergenstädte in den Blauen Bergen.

Beleriand. In der Altvorderenzeit die Länder westlich der Blauen Berge.

Bragollach. Siehe *Dagor Bragollach.*

Brethil. Der Wald zwischen den Flüssen Teiglin und Sirion in Beleriand.

Brithiach. Die Furt über den Sirion nördlich des Waldes von Brethil.

Brithombar. Der nördlichste Hafen der Falas an der Küste von Beleriand.

Celegorm. Der dritte Sohn Feanors.

Círdan. »Der Schiffbauer«; Telerin-Elb, »Herr der Anfurten« der Falas; bei ihrer Zerstörung nach der Nirnaeth Arnoediad entfloh er mit Gil-galad auf die Insel Balar.

Cirith Ninniach. »Regenbogenspalte«, Name, den Tuor der Schlucht gab, die von den westlichen Bergen Dor-lómins zum Fjord von Drengist führte.

Cirith Thoronath. »Adlerspalte«, ein hoher Paß durch die Berge nördlich von Gondolin, wo Glorfindel mit einem Balrog kämpfte und in den Abgrund stürzte.

Crissaegrim. Die Berggipfel südlich von Gondolin, wo die Horste Thorondors waren.

Curufin. Fünfter Sohn Feanors.

Dagor Bragollach. »Die Schlacht des Jähen Feuers« (auch einfach »die Bragollach«), die vierte der großen Schlachten in den Kriegen von Beleriand, mit der die Belagerung von Angband beendet wurde.

Dimbar. Das Land zwischen den Flüssen Sirion und Mindeb.

Dior. »Thingols Erbe«, nach Thingol König von Doriath; Besitzer des Silmaril; von den Söhnen Feanors erschlagen.

Doriath. »Land des Zauns«, Anspielung auf den Gürtel Melians; das Königreich Thingols und Melians in den Wäldern von Neldoreth und Region, von Menegroth am Esgalduin aus regiert.

Dor-lómin. Gegend im Süden von Hithlum, das Gebiet Fingons, wurde dem Hause Hador zum Lehen gegeben; Heimat Húrins.

Drengist. Der lange Fjord, der die Ered Lómin an der Westgrenze von Hithlum durchschnitt.

Dungortheb, auch *Nan Dungortheb.* »Tal des Abscheulichen Todes«, zwischen den Hängen der Ered Gorgoroth und dem Gürtel Melians.

Earendil. Genannt »Halb-Elb«, Sohn Tuors und Idrils, Turgons Tochter; heiratete Elwing, Tochter von Dior, dem Erben Thingols; Vater von Elros.

Echoberge. Siehe *Ered Lómin.*

Echoriath. »Die Umzingelnden Berge« um die Ebene von Gondolin.

Ecthelion. Elbenfürst von Gondolin, genannt Herr der Brunnen und Hüter des Großen Tores.

Edain (Singular *Adan).* Die Menschen aus den Drei Häusern der Elbenfreunde.

Edoras. »Die Höfe«, in der Sprache der Mark Name der königlichen Stadt von Rohan am Nordrand der Ered Nimrais.

Eglarest. Der südlichste Hafen der Falas an der Küste von Beleriand.

Eldar. Die Elben der Drei Geschlechter (Vanyar, Noldor und Teleri).

Elemmakil. Elb aus Gondolin, Hauptmann der Wache des Äußeren Tores.

Elenwe. Gemahlin Turgons; kam beim Übergang über die Helcaraxe um.

Elros. Sohn Earendils und Elwings, entschied sich am Ende des Ersten

Zeitalters dafür, zu den Menschen gezählt zu werden, und wurde der erste König von Númenor, genannt Tar-Minyatur.

Elwing. Tochter Diors, die mit dem Silmaril aus Doriath entkam, an den Mündungen des Sirion Earendil heiratete und mit ihm nach Aman fuhr; Mutter von Elros.

Eol. Der »Dunkel-Elb« von Nan Elmoth, Vater Maeglins.

Ered Gorgoroth. »Berge des Grauens«, nördlich von Nan Dungortheb.

Ered Lómin. »Echoberge«, bildeten die Westgrenze Hithlums.

Ered Wethrin. »Die Berge des Schattens«, »das Schattengebirge«, die große gebogene Bergkette, die Anfauglith (Ard-galen) von Westen her begrenzte und Hithlum von West-Beleriand trennte.

Ereinion. »Sprößling der Könige«, Beiname Gil-galads.

Faelivrin. Name, den Gwindor Finduilas gab.

Falas. Die Westküste Beleriands südlich von Nevrast.

Falathrim. Teleri-Elben der Falas, deren Herr Círdan war.

Feanor. Ältester Sohn Finwes, Halbbruder Fingolfins und Finarfins; Anführer der Noldor in ihrer Rebellion gegen die Valar; Schöpfer der Silmaril.

Finarfin. Dritter Sohn Finwes, der jüngere von Feanors Halbbrüdern; blieb nach der Verbannung der Noldor in Aman und herrschte über das restliche Volk in Tirion.

Finduilas. Tochter Orodreths, von Gwindor geliebt; kam bei der Eroberung von Nargothrond in Gefangenschaft, wurde von den Orks an den Teiglin-Stegen getötet.

Fingolfin. Zweiter Sohn Finwes, der ältere von den Halbbrüdern Feanors; Hoher König der Noldor in Beleriand, saß in Hithlum; von Morgoth im Zweikampf erschlagen; Vater Fingons, Turgons und Aredhels.

Fingon. Ältester Sohn Fingolfins, Hoher König der Noldor in Beleriand nach dem Tod seines Vaters; in der Nirnaeth Arnoediad von Gothmog erschlagen; Vater Gil-galads.

Finrod. Ältester Sohn Finarfins, Gründer und König von Nargothrond, wo er seinen Namen Felagund (»Höhlen-Gräber«) erhielt.

Finwe. König der Noldor in Aman, Vater Feanors, Fingolfins und Finarfins; von Morgoth in Formenos erschlagen.

Galdor. Genannt »der Lange«, Sohn von Hador Goldscheitel und nach ihm Herr von Dor-lómin; Vater Húrins und Huors; gefallen bei Eithel Sirion.

Gelmir. Noldor-Elb, der mit Arminas bei Annon-in-Gelydh mit Tuor zusammentraf und später nach Nargothrond ging, um Orodreth vor Gefahr zu warnen.

Gil-galad. »Strahlenstern«, der Name, unter dem Ereinion, Fingons Sohn, bekannt war. Nach dem Tode Turgons wurde er der letzte Hohe König der Noldor in Mittelerde und blieb nach dem Ende des Ersten Zeitalters in Lindon.

Glamhoth. Sindarin-Wort für Orks.

Glaurung. Der erste von Morgoths Drachen, beteiligt an der Dagor Bragollach, der Nirnaeth Arnoediad und der Eroberung von Nargothrond; vielfach »der Drache« genannt.

Glithui. Fluß, der von den Ered Wethrin herabfloß; Nebenfluß des Teiglin.

Glorfindel. Elb aus Gondolin, der im Kampf mit einem Balrog auf der Flucht aus der eroberten Stadt vom Cirith Thoronath herab zu Tode stürzte.

Gondolin. Die geheime Stadt König Turgons, von Morgoth zerstört. Genannt »die Verborgene Stadt«.

Gondolindrim. Die Bewohner Gondolins, genannt »das Verborgene Volk«.

Gothmog. Fürst der Balrogs, Feldherr von Angband, erschlug Feanor, Fingon und Ecthelion.

Grau-Elben. Siehe *Sindar.*

Grausamer Winter. Der Winter des Jahres 495 vom Mondaufgang an, nach dem Fall Nargothronds.

Großer Wurm. Siehe *Glaurung.*

Großes Meer. Siehe *Belegaer.*

Gwindor. Elb aus Nargothrond, in Angband versklavt, doch er entkam und half Beleg, Túrin zu retten; liebte Finduilas, Orodreths Tochter.

Hador. Genannt Goldscheitel, Herr von Dor-lómin, Vasall Fingolfins, Vater Galdors, des Vaters von Húrin; in der Dagor Bragollach bei Eithel Sirion gefallen.

Haudh-en-Ndengin. »Hügel der Erschlagenen« in der Wüste von Anfauglith, wo die Leiber der in der Nirnaeth Arnoediad gefallenen Elben und Menschen auf einen Haufen geworfen waren.

Helcaraxe. Die Meerenge zwischen Araman und Mittelerde, auch das »Malm-Eis« genannt.

Herr der Wasser. Siehe *Ulmo.*

Herren des Westens. Siehe *Valar.*

Hísime. Quenya-Name des elften Monats nach dem númenórischen Kalender, dem November entsprechend.

Hithlum. Das Gebiet, das im Osten und Süden von den Ered Wethrin und im Westen von den Ered Lómin begrenzt wurde.

Huor. Sohn Galdors von Dor-lómin, Gemahl Ríans und Vater Tuors; kam mit seinem Bruder Húrin nach Gondolin; in der Nirnaeth Arnoediad gefallen.

Húrin. Genannt Thalion, »der Standhafte«, »der Starke«; Sohn Galdors, Vater Túrins; Herr von Dor-lómin, Vasall Fingons; ging mit seinem Bruder Huor nach Gondolin; in der Nirnaeth Arnoediad von Morgoth gefangengenommen und jahrelang auf Thangorodrim festgehalten.

Idril. Genannt Celebrindal, »Silberfuß«; Tochter Turgons von Gondolin, Gemahlin Tuors, Mutter Earendils.

Ivrin. See und Wasserfälle unterhalb der Ered Wethrin, wo der Fluß Narog entsprang.

Lammoth. »Das Große Echo«, Gebiet nördlich des Fjords von Drengist zwischen den Ered Lómin und dem Meer.

Laurelin. »Goldenes Lied«, der jüngere der Zwei Bäume von Valinor, genannt »der Baum der Sonne«.

Linaewen. »Vogelsee«, großes, flaches Gewässer in Nevrast.

Lindon. Ein Name für Ossiriand im Ersten Zeitalter, später blieb der Name für die Länder westlich der Blauen Berge (Ered Lindon) in Geltung, die noch über dem Meer lagen.

Lisgardh. Riedlandschaft an den Mündungen des Sirion.

Lorgan. Oberhaupt der Ostlinge in Hithlum nach der Nirnaeth Arnoediad, von dem Tuor versklavt wurde.

Maeglin. Sohn von Eol und Aredhel, Turgons Schwester; wurde mächtig in Gondolin und verriet es an Morgoth; beim Kampf um die Stadt von Tuor getötet.

Malduin. Ein Nebenfluß des Teiglin.

Malm-Eis. Siehe *Helcaraxe.*

Mandos. In Aman der Wohnsitz des Vala, dessen eigentlicher Name Námo, der Richter, war, doch wurde dieser Name selten gebraucht, und er selbst wurde meist Mandos genannt.

Manwe. Der Höchste der Valar, genannt »der Älteste König«.

Melian. Gemahlin König Thingols in Doriath, um das sie einen Banngürtel legte.

Melkor. Der Quenya-Name des großen aufrührerischen Vala, später genannt Morgoth.

Minas Tirith. »Wachtturm«, von Finrod Felagund auf Tol Sirion erbaut.

Mithrim. Name des großen Sees im Osten von Hithlum, doch auch der Umgebung sowie der Berge im Westen, die Mithrim von Dor-lómin trennten.

Mittelerde. Die Lande östlich des Großen Meeres, genannt »die Dunklen Lande«, »die Großen Lande«.

Morgoth. Späterer Name Melkors.

Nan-tathren. »Weidental«, übersetzt als »Land der Weidenbäume«, wo der Narog in den Sirion floß.

Nargothrond. »Die große unterirdische Festung am Fluß Narog«, von Finrod Felagund begründet und von Glaurung zerstört; auch das Reich Nargothrond östlich und westlich des Narog.

Narog. Der größte Fluß in West-Beleriand, entsprang am Ivrin am Fuße der Ered Wethrin und mündete in Nan-tathren in den Sirion.

Narquelië. »Sonnen-Verblassen«, Quenya-Name des zehnten Monats nach dem númenórischen Kalender, dem Oktober entsprechend.

Nenning. Fluß in West-Beleriand, an dessen Mündung der Hafen Eglarest lag.

Nevrast. Gebiet südwestlich von Dor-lómin, wo Turgon wohnte, bevor er nach Gondolin zog.

Nirnaeth Arnoediad. Die Schlacht der »Ungezählten Tränen«, beschrieben im XX. Kapitel des ›Silmarillion‹; auch einfach »die Nirnaeth« genannt.

Noldor (Singular *Noldo).* Genannt »die Weisen«, das zweite der Drei Geschlechter der Eldar.

Núath. Wälder, die sich vom Oberlauf des Narog nach Westen erstreckten.

Númenor (Quenya-Form: *Númenóre).* »Westernis«, »Westland«, die große Insel, welche die Valar nach dem Ende des Ersten Zeitalters den Edain zum Wohnsitz gaben.

Orfalch Echor. Die große Schlucht in den Umzingelnden Bergen, durch die man nach Gondolin kam.

Orks. Kreaturen Morgoths.

Orodreth. Zweiter Sohn Finarfins; nach dem Tode Finrod Felagunds König von Nargothrond; Vater von Finduilas.

Osse. Maia des Meeres, Untertan Ulmos.

Ostlinge. Im Ersten Zeitalter Menschen, die nach der Dagor Bragollach nach Beleriand kamen, in der Nirnaeth Arnoediad auf beiden Seiten kämpften und denen danach von Morgoth Hithlum als Wohnsitz angewiesen wurde, wo sie die Überreste des Volkes von Hador unterdrückten.

Pelóri. Die Berge an der Küste von Aman.
Pforte der Noldor. Siehe *Annon-in-Gelydh.*

Quenya. Die alte, allen Elben gemeinsame Sprache in der Form, die sie in Valinor annahm; von den verbannten Noldor nach Mittelerde gebracht, doch im täglichen Gebrauch außer in Gondolin aufgegeben. Hochsprache der Noldor.

Rían. Gemahlin Huors und Mutter Tuors.

Silmaril. Die drei von Feanor vor der Vernichtung der Zwei Bäume von Valinor geschaffenen Edelsteine, welche das Licht der Bäume enthielten.
Sindar. Die Grau-Elben; der Name bezeichnete alle Elben telerischer Herkunft, welche die zurückgekehrten Noldor in Beleriand vorfanden, ausgenommen die Grün-Elben von Ossiriand.
Sindarin. Die Elbensprache von Beleriand, aus der gemeinsamen Elbensprache stammend, durch die langen Zeiten der Trennung aber gegenüber dem Quenya von Valinor stark verändert; wurde von den verbannten Noldor in Beleriand übernommen.
Sirion. »Der Große Strom«, von Norden nach Süden fließend; trennte West- und Ost-Beleriand.

Taras. Berg auf einer Landzunge vor Nevrast, zu dessen Füßen Vinyamar lag, der alte Wohnsitz Turgons.
Taras-ness. Die Landzunge, auf der sich der Berg Taras erhob.
Teiglin. Ein Nebenfluß des Sirion, entsprang in den Ered Wethrin und bildete im Süden die Grenze des Waldes von Brethil.
Teleri. Das dritte der Drei Geschlechter der Eldar.
Telperion. Der ältere der Zwei Bäume von Valinor, genannt »der Weiße Baum«.
Thangorodrim. »Berge der Tyrannei«, von Morgoth über Angband aufgetürmt; in der Großen Schlacht am Ende des Ersten Zeitalters geschleift.

Thingol. »Graumantel«, König von Doriath.
Thorondor. Herr der Adler der Crissaegrim.
Tirion. »Großer Wachtturm«, die Stadt der Elben auf dem Hügel von Túna in Aman.
Tol-in-Gaurhoth. »Insel der Werwölfe«, späterer Name von Tol Sirion.
Tol Sirion. Insel im Fluß, auf der Finrod den Turm von Minas Tirith zur Bewachung des Sirion-Passes erbaute; später Tol-in-Gaurhoth genannt.
Trockener Fluß. Das Bett des Flusses, der einst aus den Umzingelnden Bergen floß und in den Sirion mündete; bildete den Zugang zu Gondolin.
Tumladen. »Das Weite Tal«, das verborgene Tal in den Umzingelnden Bergen, in dessen Mitte die Stadt Gondolin stand.
Tuor. Sohn Huors und Ríans; er und Voronwe kamen mit Ulmos Botschaft nach Gondolin; er heiratete Turgons Tochter Idril und entging mit ihr und seinem Sohn Earendil der Vernichtung der Stadt.
Turgon. Genannt »der Verborgene König«, zweiter Sohn Fingolfins; saß in Vinyamar in Nevrast, ehe er insgeheim nach Gondolin ging, wo er bis zu seinem Tod während der Eroberung der Stadt herrschte; Vater Idrils, der Mutter Earendils.
Túrin. Sohn Húrins, Träger des Schwarzen Schwerts.

Uilos. Eine kleine weiße Blume, auch »Alfirin« und »Simbelmyne« (»Immertreu«) genannt.
Ulmo. Genannt »Herr der Wasser und König des Meeres«, einer der großen Valar.
Umzingelnde Berge. Siehe *Echoriath.*
Ungolianth. Die große Spinne, die mit Melkor die Bäume von Valinor vernichtete.

Valar (Singular *Vala).* Die herrschenden Mächte Ardas; auch »die Herren des Westens« genannt.
Valinor. Das Land der Valar in Aman.
Vinyamar. »Neues Obdach«, Turgons Sitz in Nevrast.

Voronwe. »Der Standhafte«, Elb aus Gondolin, der einzige überlebende Seefahrer von den sieben Schiffen, die nach der Nirnaeth Arnoediad in den Westen entsandt wurden; begegnete Tuor in Vinyamar und geleitete ihn nach Gondolin.

Yavanna. Eine der Valier (»Königinnen der Valar«), Gemahlin Aules.

Quellennachweis

Die Beiträge dieses Bandes sind entnommen:

›Von Tuor und seiner Ankunft in Gondolin‹ (mit Einleitung und Anmerkungen von Christopher Tolkien) aus: J. R. R. Tolkien, Nachrichten aus Mittelerde. Mit Einleitung, Kommentar, Register und Karten, herausgegeben von Christopher Tolkien. Aus dem Englischen von Hans J. Schütz. Hobbit Presse/Klett-Cotta, Stuttgart 1983 © 1980 George Allen & Unwin Ltd., London.

›Von Tuor und dem Fall von Gondolin‹ aus: J. R. R. Tolkien, Das Silmarillion. Herausgegeben von Christopher Tolkien. Aus dem Englischen von Wolfgang Krege. Hobbit Presse/Klett-Cotta, Stuttgart 1978 © 1977 George Allen & Unwin Ltd., London.

Die Karten von den Ländern im Norden (S. 92 f.), von Beleriand (S. 94 f.) und von Gondolin einschließlich des erläuternden Textes (S. 110 ff.) sind entnommen aus: Karen Wynn Fonstad, Historischer Atlas von Mittelerde. Aus dem Amerikanischen von Hans J. Schütz. Hobbit Presse/Klett-Cotta, Stuttgart 1985, © 1981 Karen Wynn Fonstad.

Gondolin, der Verborgene Felsen, wurde einst von Turgon erbaut. Sieben Tore und seine geheime Lage haben diese Festung bisher vor den zahlreichen Feinden geschützt. Eines Tages beschließt Tuor, der Elbenfreund, Turgon, den König der Noldor und Kampfgefährten seines Vaters, zu suchen. Von Ulmo, dem Herrn der Wasser, bekommt Tuor den Tarnmantel, der ihn vor zahlreichen Feinden unsichtbar macht – dennoch lauern auf dem beschwerlichen Weg nach Gondolin tausenderlei Gefahren ... Eine der frühesten ›Nachrichten aus Mittelerde‹ und der Sagenwelt des ›Silmarillion‹.

Der Autor

J(ohn) R(onald) R(euel) Tolkien wurde am 3. Januar 1892 in Bloemfontein/Südafrika geboren und lebte von 1896 an in England. Der Professor für germanische Philologie in Oxford starb am 2. September 1973 in Bournemouth. Einige Werke: ›Der kleine Hobbit‹, ›Der Herr der Ringe‹, ›Das Silmarillion‹, ›Nachrichten aus Mittelerde‹.

J. R. R. Tolkien im dtv

»Das Leben – das natürliche Leben – hat nichts Besseres zu bieten.«

(C. S. Lewis)

Die Geschichte der Kinder Húrins
Erzählung · dtv 10905
Man schreibt das 469. Jahr nach der Rückkehr der Noldor nach Mittelerde. Immer noch wirft der finstere Morgoth seinen Schatten über das Land. Aber bei den Elben und Menschen beginnt sich die Hoffnung zu regen, daß man die Orks vielleicht doch noch zurückdrängen kann.

Feanors Fluch
Erzählung · dtv 11335
Viele Hoffnungen ruhten auf dem stolzen, feurigen Kämpfer und eigenwilligen Künstler Feanor. Sein Fluch gegen Morgoth, den Schwarzen Feind der Welt, wird zum Ausgangspunkt jenes endlosen, bitteren Krieges in Mittelerde, den Tolkien in seinem Hauptwerk ›Der Herr der Ringe‹ beschreibt.

Das Tolkien-Lesebuch
Zusammengestellt und mit einem Nachwort von Ulrike Killer
dtv 11457

Der kleine Hobbit
dtv junior 7151 und
dtv großdruck 25051
Bilbo Beutlin, ein Hobbit aus guter Familie und von untadeligem Ruf, wird von dem Zauberer Gandalf animiert, einer Zwergenschar bei der Rückgewinnung ihres geraubten Schatzes zu helfen. Auf der langen Reise sind unzählige Gefahren zu bestehen, die Hobbitvorstellungen bei weitem übersteigen.

Farmer Gils of Ham
Farmer Gils von Ham und der Drache
Erzählung
dtv-zweisprachig 9300